Dedo-duro

Projeto gráfico: Raul Loureiro
Editoração eletrônica: Jussara Fino
Preparação e revisão: Fábio Gonçalves e Maria Helena Arrigucci
Foto da capa de André Kertész,
O balcão, Martinica, 1º de janeiro de 1972,

Catalogação na Fonte do Departamento Nacional do Livro
[Fundação Biblioteca Nacional]

Antônio, João
João Antônio: Dedo-duro
São Paulo: Cosac & Naify, 2003
176 p.
ISBN 85-7503-185-6 CDD 869 B

1.Literatura do Brasil 2.Literatura brasileira
3.João Antônio

COSAC & NAIFY
Rua General Jardim, 770, 2º Andar
01223-010 - São Paulo SP
Tel [55 11] 3218-1444
Fax [55 11] 3257-8164
info@cosacnaify.com.br
www.cosacnaify.com.br

Atendimento ao professor [55 11] 3218-1466

João Antônio

Dedo-duro

Cosac & Naify

Apresentação

Duas palavras

Pois nem sei se são contos, apesar de o autor batizá-los assim, já que estes escritos, refratários a qualquer classificação, não admitem rótulos. Avultam entre eles as confissões, reminiscências e desabafos, ejaculados com uma veemência que faz rebentar toda moldura: eles prorrompem com uma força elementar, irrefreável. As personagens, que às vezes se confundem com o autor, são em sua maioria do submundo: jogadores de sinuca, prostitutas, traficantes, alcagüetes; há também gente do futebol, da música popular e da publicidade – todas visceralmente identificadas com o seu meio de vida e de morte, que lhes modula os sentimentos e a fala, em perpétua revolta contra a sociedade, cuja pressão as esmaga, sejam elas marginais ou não. Com sua fala nervosa, explosiva, brutal, elas nos agridem, e nos forçam a darmos um mergulho, queiramos ou não, em seu ambiente. Tal um novo "Boca do Inferno", o autor cataloga seus rancores, vomita a sua indignação, resmungando pragas e palavrões. Trata as suas criaturas, como a si mesmo, com uma ironia feroz, mas que deixa entrever uma funda ternura, que acaba nos envolvendo. E assim o leitor vai acompanhando os figurantes do livro através das situações grotescas que a vida lhes arruma: o menino que tenta entender o mundo dos adultos, um azarado que topa com um sortudo, o publicitário encostado à parede pela profissão: enquanto cata elementos para a reportagem que lhe servirão para uma imagem turisticamente idealizada de São Paulo, revive com saudade atroz episódios do seu passado proletário e boêmio. Desse mundo especial, que lembra o de Lima Barreto, espécie de santo protetor do autor, saímos amarfanhados e machucados.

Setembro de 1981
Paulo Rónai

Dedo-duro

Dedo-duro

Sumário

Dedo-duro

É

para

Afonso Henriques de Lima Barreto

Dedo-duro

Tony Roy Show

Tony Roy Show

– uma epígrafe

Caramuru-u-u! Caramuru-u-u!
Filho do fogo, sobrinho do trovão
Caramuru
Que atirou num urubu
Mas errou de direção
E acertou num gavião.

Caramuru, 1939. Marcha carnavalesca de Nássara e Sá Róris, cantada por Araci de Almeida. Sucesso no final da década de 30 e em todos os anos 40.

Dedo-duro

– uma outra

E o pior, Wilson, é que não dá para desinventar a tevê.

(um pensamento silencioso de Toni, aí dentro, mandado para seu diretor de produção e braço direito Wilsinho).

Uma nuvem passageira trá-lá-lá.

Aqui no ambiente cada um por si. Um come o outro, o diabo para dividir. Não tem bandeira, não tem partido, sindicato, qual o quê! Até a marcação do tempo é outra. Na velocidade, vale a crocodilagem; companheiragem não dá futuro. Quem passa de burro a cavalo logo se esquece disso. O negócio é almoçar o nosso irmão, coitadinho. Antes que ele nos jante. Malhar o irmão. Hoje, o sujeitinho é ninguém na vida. Faz xaveco, adula, entrega o irmão aos bandidos de cima. Sobe. Pula de marreco a ganso. Aí, lhe dão um gabinete de trabalho na estação de tevê. Ar refrigerado, mesa de jacarandá, secretária, os cambaus. Ele se enche das importâncias, arruma carro de quatro portas. Chofer particular, vidro fumê. Mija nos que estão por baixo. Manda pregar uma placa com o seu nome à porta do gabinete. Há outra inscrição. Favor limpar os sapatos antes de entrar.

Já se viu. Aqui na barra, ninguém tem amigos. Nem ocultos.

Não nasci por cima da carne-seca. Tenho, se poucos, vinte anos de peitoril de janela. Muita queda, alguma subida, virada de situação, escorregões feios, rasteiras, prevalências. Devo ter tido bem o jogo de cintura, molejo, para chegar aonde estou e me agüentar de pé.

Muita vez, não controlei situação nenhuma. Também senti medo, claro. Sempre. Quem subiu o bastante e depois, num repente, de novo beijou a lona, aprendeu que nesta ocupação as coisas não duram. Isto é uma profissão de vitrina. Mas tenho estrela. E regulei.

Também, nunca cantei o que quis.

Ninguém mais se lembra. Pelas beiradas de 60, antes da tevê engolir tudo, as rádios do Rio e de São Paulo deram para rodar, com insistência, uma faixa de disco ladrão. Lançamento de um desconhecido, Willy Montini. O cantor de *Boy's Rock*.

Jogada por jogada, de nenhuma se salva grande coisa. E ninguém venha me dizer que a tacada comercial da música popular não tenha sido uma só. Variam a moda, a circunstância, a onda. Quando em quando, numa entressafra baixa um lance de indefinição. Ou por outra: ninguém sabe quem é o ladrão. Nem onde está o cargueiro.

Numa das frentes, as curriolas da promoção forçavam, engrossavam o *rock-'n'-roll*, a engambelação do momento, o engana-trouxa mais tocado e dançado em todos os anos 50. As patotas associadas metiam Elvis Presley, Bill Haley & Seus Cometas e Little Richard nas paradas de sucesso. Agüentavam os gringos na linha de fogo, batalhavam para não perder prestígio. Se a manobra gorava, os caras davam uma segunda. Começavam insinuando. Em três tempos, depressinha prensavam os intérpretes e compositores. Que todos adotassem guitarra elétrica. O ritmo marcado dos requebros de Elvis. E fossem em frente.

Noutra frente, outro fogo. Os cobras e os sabidos da terra inventavam a bossa nova. De longe, sempre a distância, eu namorava os carinhas do Beco das Garrafas, no Rio.

Uma guerra de dissimuladas. Enfiada, ardida, com a bandidagem usando as armas. Um antes do outro e muito disfarce. Quem deixa pra rir por último, não ri: derrama lágrima. No meio do pau, entra Willy Montini. Lança, desova, aventurando *Boy's Rock*. Pega as paradas de sucesso, bota gente boa encafifada. Pensando, campanando. Falando sozinha. Que presepada vinha armar na praça aquele cantor desconhecido mas sacado, lançado no quieto, um ladrão pela etiqueta Season, igualmente não badalada?

Quem? Gringo, nacional, um ponta-firme novo na briga pelo *rock-'n'-roll*, entrando de sola, se impondo na corrida?

Espeto. Lá fora, os Elvis e seus cupinchados perdiam a guerra do disco. Para quem, nos Estados Unidos? Quem os comia, e bem, uma cambada de românticos. Tudo baba-de-quiabo, malandros passando o açúcar. Uns sabedores – Andy Williams, Tony Benett, Tom Jones. Puxavam da manga o trunfo comum. Malhavam música popular romântica, baladas, canções dolentes de exportação fácil. Estavam virando o jogo.

Comeu. Veio e comeu, comeu grande. Quem faturou foi Sinatra, que voltou jogando de mão. Para vender milhões, zilhões. Abafou o fiasco e o cagaço de se ver liquidado pelo estrago do divórcio com Ava Gardner. A uma asa de barata, a um passo de se esborrachar, guinou de mestre.

Bem. E aqui na terra, quem era o ladrão Willy Montini?

Sei. A crítica de babaquaras, falação de *disc jockeys*, bundamolismo de mordedores viciados. Claro, feita para otários, incautos que não sabem nada. Um paspalho que xingam de crítico, no

Rio, escreveu que surgia a nova força retonificante do *rock-'n'-roll*. Sei. Outro papagaio enfeitado dava bandeira maior. Badalava que um jovem cantor estava sendo lançado como o maior de todos os rivais de Elvis Presley. Sei. Fora de marca. Forte. Sei. Vinha para estraçalhar, voava. Sei. Comeria todos na parada. O nome dele era Willy Montini. Sei.

Há, de comum, algum sabido de pé atrás. Esses avisados, se plantaram na moita. Nenhuma palavra. Esperaram a segunda produção.

Willy Montini sou eu. Eu.

Nesse tempo, roendo beirada de penico, sou um *crooner* bastante chué de uma orquestra em Divinópolis, animo bailes, aqui, ali, onde o judas perdeu as botas. Corro vizinhanças, de lá pra cá, errante. Gramando. Mas estou rindo da cambada da capital do país.

Eu. Antônio Rodrigues Pereira, terceiro filho dos cinco de dona Neusa, algum talento cantando, dançando, contando piada, representando. Disposto, ansioso, querendo ser dono. Imitando, se preciso. Um cobra do Rio me dizia que se corresse na minha faixa, fizesse o meu troço, me daria bem. Podia custar, mas um dia pegava o breu. E iria marcar.

Eu tinha pressa. Valeria tudo. Se o macete fosse enrolar língua gringa, eu malhava. Italiano, inglês, francês, malhava. Nesse tempo, claro, não sabia que a pressa passa. E a merda fica.

Sou Willy Montini. E gravo *Boy's Rock*, quase de favor, numa faixa de um *long-playing* vagabundo da gravadora fantasma

Season. Que vendeu. Mas só aquela faixa. Sem lastro e sem repertório, Montini marcou bobeira. E se esvaziou.

Nuvem passageira trá-lá-lá.

Vitória marota, aquela. Entrevou o nome de Willy. Que, na continuação, não tinha repertório de *rock*. Caiu do galho, bobamente. Não deu um suspiro, logo morreu. Sem estertor, tocou da capital. Foi pastar como *crooner* nos inferninhos e clubecos do interior.

Pensava. Quando o meu nome era Toni Roy.

A vontade do mundo, hoje, é chorar.

Então, canto um grande amor que perdi e o povo respeita. E falo a gentes de todas as idades, sotaques, costumes. E me comunico com todos ao mesmo tempo. Clube fechado ou espetáculo aberto à massa. Eu e as crianças nos entendemos. Há um afeto. Que, em meio à batelada de telenovelas, faturo um musical. Comecei com *rock*, e guinei, sabedor das coisas. Dando pouca audiência, dou mais de 45,0. Mas no Nordeste e Norte, bato a marca dos 75,0. Algumas vezes, desnorteio a crítica, sou sentido e visto como fenômeno imprevisível. Espectadores exageram e se deslumbram diante de minhas qualidades de homem. Menino de sete anos disse. Gostaria de ter um pai como Toni. Para uns poucos acordados, consigo ser o menos ruim dos piores. Sou algo sofisticado. O fã de vinte anos me viu um fato extraordinário. Eu tenho magnetismo no sorriso. O olhar de uma humildade que não acaba mais.

Um cafona empulhador. Gente ataca. Gente bota lá no céu pelas mesmas qualidades. Faturo. Que tenho uma virtude para cada fã. Cantor, animador, humorista, dançarino. Até danço... Sou das poucas produções sadias da televisão. Para todas as idades, consigo uma façanha incomum. Não passo em branco.

Consigo. Sala de uma casa que tenha televisor, teatro em que, sentadas e de pé, se apinhem aí umas quinhentas pessoas. Interesso, reúno, misturo, amarro, sem grandes diferenças, a mesma macacada. De cinco a cinqüenta anos ou mais. Na sala, o aparelho, e no vídeo, o *show*. Pela ordem de distância, os filhos, os avós, a mãe, o pai. Nos teatros, a ordem muda. As crianças, cabeças para cima, no primeiro plano. Depois, os adolescentes, depois as avós. Lá na galeria, os moços de vinte.

Vou transferindo tudo de uma cidade para outra. Não me ressinto com as mudanças. As classes sociais variam, e daí?

De uma capital a uma cidade pequena. De um clube classe A, restrito, a um espetáculo aberto à massa atopetada no cinema principal de uma cidade do interior. Sou um homem que falo às pessoas. O meu "boa noite, Divinópolis" pode ser "boa noite, Bangu", "boa noite, São Paulo", "boa noite, papai". Mamãe, meus filhos, o diabo. Espectadores distantes esperam. E recebem a leve intimidade, a boa vontade da saudação comovida, respeitosa. Carinho. Ao mesmo tempo, aviso. Estamos aí. Agora, hoje, firmes. Ontem. E na próxima vez.

Como. Como quieto.

Um homem de *shows*, um neutro. Ou aparento. Sei de

perto as medidas. Vou à menina de cinco anos no palco de interior, me fixo e, com isso, é como se dissesse aos crescidos: "esperem, já chega a vez de vocês". E não fiz nada. E fiz. Os mais velhos esperam, ansiosos.

Não pelo que armo. Um homem, como um homem de *shows*, vale pelo que pode armar.

Aí, a sabidice. Aí, encabeço listas de vendagem de discos. Inda mais no interior. Já declarei à imprensa e ela escreveu. Ganho mais com as músicas gravadas do que com o resto.

O repórter gravando. Então, emposto a voz. Dou prosseguimento:

– Nada mais natural. *O cravo, com ternura* está muito badalado. Todo mundo sabe de cor e salteado. Está na hora de partir pra outra.

Cresço. Chego a dono absoluto do horário, terceiro colocado em audiência nacional. Curitiba, termômetro dos bagulhos do gênero no país, me aponta como atração popular que perde só para a telenovela *Conflitos da solidão*. Ou para o programa noticioso, horário nobre, *Momento nacional*.

Neutro, tão neutro, perfeitamente. Romanticão de respeito (*Cálida noite*, *Na volta de seus cabelos, adorada*), sou decorado, cantado, assobiado com a maior facilidade. E rápido. Bato a vendagem das músicas de carnaval.

O repórter grava. Falo do meu êxito como cantor, apresentador, homem de *shows*. Redigo, tudo é simples. Não desdenho, não esnobo ninguém. Faço, ainda assim, como se brincasse com uma criança, o gesto típico de duas mãos, que virou marca:

– Achei, achei, achei – sorrio, tímido e respeitoso.

Meto ar sério. Dou um tempo e largo:

– Gosto é disso mesmo. Fazer as coisas meio sem compromisso, assim na base da camaradagem.

E pau no burro.

Pra que trouxa quer qualidade?

Para o geral da fanzocada, sou sucesso. Um bacana. Boa praça, simpaticão, quase lindo. Por aí. Mas as admiradoras de idade madura me observam mais do que se julga. A elas, Toni Roy tem o que dizer. Ou pelo que canta ou pelo que não canta. Construo para elas – mal-amadas, maldormidas e pior gozadas, mais que tudo precisando amar – um mundo amoroso existente, vivido na carne, no sangue, na alma. Eu tenho um passado. Aí, a chave.

Sou de verdade.

Elas não duvidam, tão disponíveis. Toni não traz só canções de mentirinha. Canto um grande amor que tive, perdi e se respeita. Já era ótimo, agora melhorei. De amor perdido, sou excelente, que sofri. Muito me é permitido. Morreu-me a mulher, tenho dramas que me dão o direito de lamentar amores. Muita vez, amor alheio; mas que açambarco.

Sofri. Ganhei, tomei, galguei o direito. De mais a mais, a natureza me foi dadivosa. Tenho cara de quem viveu um grande amor.

E os modos, a vida, o começo duro. Os filhos que transformei em companheiros de trabalho, depois do suicídio de Mafalda saltando para as primeiras páginas. Toni Roy, Beto e Luluca, sucessos igualmente. O trio é uma tônica que faltava há anos.

Um quê família compondo bem, inofensivo e íntimo. Então, a rede de tevê joga anúncio em que apareço abraçado ao meu casalzinho de filhos. A imprensa em seus perepepés quiquirica que o meu *show* é a estrela que brilha mais nas noites de quinta-feira. Jogam-me simpatia e malícia, carinhosamente. Dizem que meus filhos me carregam nas costas. Babacas!

Desinteressado, artista. A reportagem anota de minha boca. O dinheiro, os papéis, os carimbos me aporrinham. Prefiro tudo na mão de meu irmão, amarrado, hábil nesses trabalhos.

Viajando todo fim de semana. Espetáculos em clubes de cidades a que a sorte esqueceu. Mas a que a tevê chegou. Elogio todo buraco que percorro.

Lamento que o Paraná tenha tão poucos poetas. Uma pena. Há cantinhos maravilhosos, como Antonina, que têm tudo para centro cultural e artístico. Até já pensei em fazer um festival de seresta em Antonina.

Colho o efeito. Aproveito, mudo o sotaque. Arremedo tirando graça, falo como os do Sul. Firmo as sílabas, carrego o *L* final. Volto a Antonina. Lamento, vocês sabem. Tinha planos e coisa e tal, só não tive tempo. Tivesse, mandaria a coisa pra frente. Mas calculem. Faço a média de seis e oito *shows* por mês, pra baixo e pra cima neste Brasil querido. Temporadas em que nem tenho tempo para me coçar. Não sei o que sejam férias. Mas pintando uns dias de folga, me mando para as praias do Sul, minhas preferidas. Muita vez, são as praias do Norte ou do Nordeste. Já potoquei essas falas em Fortaleza, Vitória, Natal, Guarapari.

Elogio o clima e a comida sulista. Prometo que, um dia, terei casa no Vale do Itajaí. Os fins de semana ali. Aquilo é lindinho. Armo um gesto lento, redondo. Um abraço que se fosse fechando e compusesse, aos poucos, braços e mãos abertas, uma forma imaginária. Talvez um presépio.

A folha local desdobra minhas palavras e exagera como declaração de amor à terra e ao povo do Sul. Não flagra que é reflexo, jeito meu, rápido de me adaptar a situações novas e me colocar simpaticamente. A folha grita. Toni Roy, homem e artista versátil.

Como.

E improvisador. Mais diante das crianças. Nas ruas do Rio, no teatro, no corredor da televisão. Não passo por uma sem um gesto. Afeto ou careta. Jogada a atenção, largo uma graça. De resultado. Raro não sou notado. Então, trato de me insinuar. Planto.

Quase a cem quilômetros de Curitiba, a Praia de Leste. Para fazer o *show* no teatro de um clube fechado, tenho problema de locomoção. Costumo aparecer com hora e meia de atraso. Que o público não se acostume mal. Crianças e adolescentes me esperam. Não há melindres, dengues, impaciência. Nenhuma alteração.

Baixo com atraso de duas horas. E, isso, em horário noturno. Meu aparecimento estala, corrida típica, desabalada. Em triunfo para dentro do palco. Arranco aplausos, entusiasmo. Afeto. É como se chegasse em cima da hora. A platéia quente.

Abrindo, canto *O cravo, com ternura*. Tomo força, canto alto.

– Já ganhou! Já ganhou! Já ganhou!

Firmo. Embalo-me. Chamo ao palco uma menina de seis anos. Ela, amuada. Vou catá-la pelo braço:

– Você já tem namorado?

Encabulada.

– É? Acho que você já tem.

Cabeça baixa, os olhos no bico dos sapatinhos brancos de cocota.

– Aposto que você já tem. Acho que seu namorado é o Beto.

Orelhas queimando. Ela, gelada.

– Ora, não é o Beto... então, é o Bebeto.

Toni Roy não perde o rebolado. Agüento o nhenhenhém, diálogo morre não morre. O auditório se enfastia. Encafifados, aqui e ali. Um constrangimento cresce, pesando. Aí, atiro certeiro:

– Mas você me conhece, não? Não sabe quem eu sou? Diga o meu nome para todo mundo ouvir.

Corre, corre um silêncio que pesa, coisa aí de uns dez segundos.

Mas voltam, estão voltando as palmas. Toni Roy no tablado circular, também bate palmas. E logo, um dos meus jeitos conhecidos:

– Achou, achou, achou.

Zoada, aplausos se redobram. Faço um passo de dança.

– Toni Roy! Toni Roy! Toni Roy!

Sapateio. Saracoteio. E embalo *Cálida noite*.

Como artista vitorioso da nossa televisão, digo namorar o teatro sério, fui de rádio, de circo e de cinema. Ultrapassei o terceiro casamento. Circulo com menininhas, ninguém conhece minha mulher. Gravei em Paris, badalei em Cannes. Digo ter casa com praia particular em Joatinga, a Beverly Hills dos cariocas, conforme troveja, macaqueando, a gente esperta da imprensa. Torço por um clube de futebol. Disparadamente o mais popular – Flamengo, no Rio; Corinthians, em São Paulo; Atlético, em Minas; Grêmio, em Porto Alegre. Oxigenei os cabelos, troquei de cara. E de penteado, bigode, moda e regime alimentar. O necessário para a tevê a cores. Falo, refalo.

Mas, neutro. Nada sobre a pobreza pessoal, que desfavorece o artista. Há um estereótipo no país. Toni Roy sabe. Um escritor, um cientista, um professor podem ser uns pobres-diabos. Tudo bem. Moram, se escondem em apartamentos sórdidos, escuros, um ovo. Beirando a pindaíba, o miserê. Que se danem. O público se ajeitou a essa imagem, aceitou. Vê essa gente como um amontoado de azarados. Quando vê. São uns esquisitos e tudo bem. Esses caras, uns corridos do mundo, umas marias-judias, caronas da vida. Mas um cantor-galã e ídolo das crianças na televisão, mora com praia particular. Três pavimentos, piscina, salão de jogos.

Não fundei fã-clubes. Mas já que existem espontaneamente, os engordo. Toni Roy não nega fotografia, autógrafo, entrevista, sorriso. Aceito fazer propaganda dos negócios do governo. Descontentes e protestantes podem abrir o bico, eu remo a favor da maré. Falo à reportagem que um profissional é um profissional. A cabeça, como vai? Não me envergonho, confesso freqüentar um analista que me amarra os grilos, segura derrapagens de minha personalidade.

Nunca me deitei num sofá de analista, tenho mudado até de nome, perdi a mãe de meus filhos. Rasgando o verbo, não estou a fim de ensinar nada a ninguém. Vivo destacado. Ou antes, vivo sozinho. Ando colado com Deus que é companheiro quente. Só dá, não pede. De mais a mais, os subalternos, figurantes, serviçais, uma cambada. Gente menor da produção que se péla de medo do que mando. Nas gravações, vão repetir a cena trinta vezes, se preciso. Ou se eu quiser. Eu os trato como estão. Por baixo.

Quem dá luz a cego é bengala branca.

Escrevem aí que sou homem igual aos outros. Pai brincalhão, titio afetivo, uma personalidade livre de todo verniz de artista. Ondas, escolas passam. Vou que vou me mantendo. Não tenho posição a defender, linha a adotar; trabalho, circulo entre todos. Partido não tomo.

Equilíbrio. Convido um gênio ou um impostor e os apresento em meu *show*. Sendo sucesso, apresento, entrevisto, prestigio. O *Toni Roy Show* vai quente. Meus "boas-noites" são para todos.

O que não se escreve, e aí o molho, é que independo do conjunto de produção do *show*. Toni Roy manda na festa, diretor de cena. Canto, danço, interpreto, sou apresentador. Dou para o gasto. E, claro, não posso ser comparado aos estrangeiros. Canto, ator correto, bailarino regular, cômico razoável. Ou quase. Aqui, garanto, quem enxerga sou eu. E chega.

O meu gosto, cabimento, jeito para lidar com crianças. A minha forma de me colocar à vontade, amizade e camaradagem, sem adultez. Levo simpatia com pais e mães. Sou sentido, falado. Analisado:

– É muito difícil a gente encontrar uma pessoa que goste de crianças como ele. A gente percebe isso quando Toni está no meio de muitas crianças juntas. Porque ter paciência com uma ou duas ou com os nossos filhos, é fácil. Agora, com muitas ao mesmo tempo... Aí, a paciência que ele tem, a forma de tratar, o carinho com elas são coisas de um homem de coração muito grande. Ele é uma pessoa rara.

Tenho mais que isso, senhora ouvinte e telespectadora mal-amada de quarenta e cinco anos de idade e solidão. Tenho mais. Levo mais que jeitinho com a meninada. Infiltro-me, tomo terreno, não sou percebido.

No barzinho de entrada do clube fechado da Praia de Leste, ninguém viu. Uma garotinha de uns nove anos, impossível, interrompeu o sorvete. Saiu-me com esta:

– Você que é o Toni Roy? E você rói que nem rato?

Abraço a guria pela cintura, ergo à altura de minha cabeça, mando-lhe um beijo na testa. Aceito o tom. Falo uma fala só nossa conhecida:

– Rói, rói, rói!

Ri, abraçada, me amassando o paletó.

Afinal, com as crianças me virão as mães, as tias, os avós, a parentada. E o cacete.

– É hora! É hora! É hora!

O diretor principal do clube, um barrigudo de óculos, com piadas ao microfone e música de fitas, vai tenteando a impaciência dos associados mais jovens, atiçados. Os menores de quinze anos não lhe dão trabalho. Sem alteração. Mas os marmanjos perturbam, exigem. De estalo, como um tiro, corre a notícia de que o cantor está chegando. Chegando, chegou. Zoeira vem de todos os cantos do teatro, crescendo.

– Toni Roy! Toni Roy! Toni Roy!

Três-quatro soldados de cáqui me abrem caminho. Entro, rápido, envieso por uma das laterais, ainda não visto pelo público. Procuro o balcão do bar, peço uísque, me é servido puro. Duplo, que entorno, às goladas.

Lá fora, abafado, ameaça chover e não. Calor, zoada. A agitação das moscas azucrina.

Nervoso e bem. Mas simulo displicência, organizo, disciplino minha entrada em cena. Não fumo. Batuco umas coisas na cabeça, mecanicamente. Engulo a bebida, enquanto meço os degraus para o palco. Fixo de olhos o principal diretor do clube. Vermelho, gordalhudo.

Mão direita fechada, soco a palma da esquerda:

– Tem que ser agora!

Corro, pulo de dois em dois degraus, ganho o meio do tablado. Cato o microfone. Como se desse um grito de carnaval, ataco de *Caramuru*. E arranco o primeiro efeito. O público dentro do *show*.

Corro os olhos à volta. O teatro apinhado, um quilo lá fora. Gente, mais gente. Gente se agacha na grama, ao redor do salão. De pé. Quatro tipinhos estão enroscados nas árvores do pátio, assistindo pelos vidros laterais.

Recolho os aplausos. Jogo as primeiras piadas, justifico minha demora. No auditório, marmanjos cochicham. Cambada! Adolescentes saidinhos azoam.

Quem me vê por trás, da bateria para o público, vê um homem que treme.

Medo. Mas me imponho como um diretor de cena, sozinho no palco. A responsabilidade do espetáculo é minha. E minha só. Aqui, nos meus ombros, no meu corpo todo. Vou lá. A cambada de marmanjos perturba, boqueja, sussurra. Esperem. Vão ver.

Piadas para os adolescentes tiram risos, aplausos. Dou-me bem. Mas este clima não permaneça, nunca definitivo. Corto, parto com menos luz sobre o corpo, cabeça pendida para o lado direito, na postura romântica. Um número vai prender atenções. A macacada endoidará. *Cálida noite*.

– Toni Roy! Toni Roy! Toni Roy!

Escolho senhores gordos, que obrigo a cantar. Ajudo com abraços, uma camaradagem de cima para baixo. Mais convidada que oferecida. Simpática. Passo dos senhores para as mulheres casadas e acompanhadas. Sou cavalheiro e contido, não exijo que cantem forte. Nem as coloco em situações tão engraçadas, raspando, ridículas.

Volto a trabalhá-los, suando, ainda nervoso. Diabo. O que este povo tinha de trabalhar para mim, hoje, já trabalhou. Tenho de manter fogo aceso nesta hora e meia. O teatro, quase mil pessoas, me esperou mais que isso. Ora, danem-se! Vou ao uísque. Vou me chegando à bateria, cato o copo, mostro ao público que me acompanha, encabulado. Isso, isso, cambada! Agora, desfecho mais um motivo de graça e vou colher.

– Não me queiram mal. É guaraná – e derramo num gole só.

Palmas. Faço contrastes, com harmonia.

Mafalda me telefona para nada. E, como se fizesse brincadeira, esgoela o pregão que deve ter ouvido da cega nas ruas de Copacabana:

– "Leva lixa para os pés".

Pedi, exigi das empregadas. Vão ao calçadão, prefiram a praia, temos tanta. Não. Ela teima e zanga, bate os pés. Aquele trecho de Copacabana, à tarde, quando Mafalda sai a passeio, faz mal, um tugúrio defronte ao centro comercial. Lojas fervem de gentes escorridas de muitos cantos da cidade para ilusórias compras mais-em-conta, fica tudo feito abelheiro mais o ronco e freios dos automóveis, motoqueiros e ônibus azoando o tempo inteiro. Gente assustada se aperta na avenida Nossa Senhora de Copacabana, se mexe apressada, abespinhada, peitando-se, trombando. As calçadas, sabe-se lá por quê, atravancadas de obras infindáveis que atrapalham os pedestres e, pelos cantos e soleiras dos bancos, lanchonetes, farmácias, bares, lojas que se enfiam no térreo dos edifícios de apartamentos, mendigos, pedintes, biscateiros e vendedores miúdos e esfarrapados infestam, sujos e com pedidos gritados. É ali. Barriga crescida, cabeça desgrenhada, mãos estendidas e seus troços no chão, a cega de voz esganiçada, chorosa como um uivo de cachorro, grita que vai embora no meio daquele bulício: "Leva lixa para os pés!".

– Ferreirinha, agita essa claque!

Sufoco, pauleira. Desde que chego, às duas da tarde, uma gravação é isto. Até a madrugada quando as pernas e o gogó mais não agüentam, a gravação é isto. Passo o tempo aqui aos gritos, me aporrinhando, metendo bronca, dando esporro para essa cambada rir com vontade. A besta do Ferreirinha sacode as banhas, não me resolve nada. É quem ganha para agitar a claque na hora do balé, no final dos números e das piadas. Trabalha mal, o cavalo. Um sossegado.

Aqui do palco, a dois metros e meio de altura, os vejo lá embaixo.

Uma cambada de pobres-diabos. Umas vinte e cinco-trinta pessoas escorridas dos subúrbios, lá de Deus me livre. É todo um dia, entram pela noite, varando, chegam à madrugada. Apanham aí a miséria de cem pratas. Bater palma, rir, arrumar zoada. E que se virem com os cem cruzeiros. Desdentados, mondrongos, mal-vestidos, desempregados, chués. Devem ter vindo de trem, barca Rio-Niterói, ônibus lotado, xexelento, sacundindo. Viaja feito gado, essa gente nem vive. Pasta. Quando em quando, aqui chateado, a repetir a gravação de um número, me pergunto, com aborrecimento, o que podem fazer com cem pratas. Quantas vezes pegarão um ônibus com cem cruzeiros? A produção do programa não dá almoço. Nem sanduíche ou refrigerante. Nada. Inda mete uns descontos de lei ao pagar os cem cruzeiros. Logo afasto esses pensamentos.

– Ô Ferreirinha! Dá duro nessa gente, cara!

Dois sabidos, os tipinhos. Dois sambudos amolecados. Com máquinas fotográficas, um gravador e prosa fiada, estão baixando aí o repórter e o fotógrafo da tal revista de fotonovelas que prepara um número especial sobre mim, coisa aí do gênero de o *showman* do Brasil. Bem, como o país tem tão poucos... Descarreguei para Wilsinho, meu diretor de produção. Os sujeitinhos que se entendam com ele. Wilsinho, tiro e queda, ponta-firme, acerta as coisas bonitinhamente. Fosse feito um concurso sério e esse cara ganharia o Mister Mentira da cidade.

Um braço direito. É o meu lado de lá nas gravações. O pinta empulha com categoria, sóbrio na pegada. Aparenta não ter necessidade de afirmação. Calmo, quase ausente nas gravações. Não agita de microfone na mão, não grita, não xinga os carpinteiros. Só percebe que esta remandiola toda é conduzida por ele, quem olhe dentro da cabina, atrás do palco, onde são jogadas as imagens do *tape*. Nem ameaça mandar ninguém para o olho da rua, se há falhas. Wilson dirige dali, escondido. E não se dá um passo sem a sua orientação.

Lá, descartando. Enquanto o repórter acompanha com o gravador, sou fotografado. Wilson, come-quieto, empostado de marca:

– Toni Roy está satisfeito com o seu programa, nota dez. Conforme o Ibope é o segundo de seu horário. Mas ele não esqueceu o carnaval. Já preparou quatro gravações, com as quais lutará para assegurar um lugarzinho especial na preferência dos foliões cariocas.

Estou repetindo, sétima vez, esta cena com Bebeto. O pior é que as Toninfetes não ajudam, não entendem. Isto é uma cena para as famílias e as crianças. Uma delas pisa no meu calo, mantém cara séria. Como um tacho. Enquanto isso, a besta do Ferreirinha não me faz essa claque rir.

– Olhe aí, garota. Você tem que rir. É no meu calo que você está pisando e o quadro é humorístico. Se manca, minha flor-de-lis.

Toca o telefone, é Mafalda. Interrompo para atender.

– Toni Roy começou a pensar mais seriamente em ser artista um dia, depois que deixou Divinópolis e foi para Uberlândia. Lá, se apresentava como cantor, humorista e ia dando para o gasto. Até hoje ele não gosta de dar entrevistas sobre o começo de sua carreira. Mas foi lá em Uberlândia, por volta de 55. Quando chegava a segunda-feira, a gente nem conseguia engolir direito o jantar. Enfiávamos o velho terninho surrado e disparávamos para a Rádio Difusora. Com mais alguns garotos, inclusive o Wellington Souza, agora trabalhando com o William Santos, nós participávamos do programa de gala da emissora, conduzido pelo pianista Teles. Mas só a gente ganhava alguma coisa. Como o Teles não podia pagar em dinheiro, dava aulas de graça ao Toni. Foi assim que ele aprendeu violão e guitarra elétrica.

Wilsinho vai embromando.

Mafalda acaba se matando. Tenho, em casa, três enfermeiras disfarçadas de domésticas para colarem nela. Deixou o sanatório, mas o sofrimento acelera crises, os comprimidos são umas bombas de tudo quanto é cor. E não retrocedem a doença. Na fase crônica, preciso de empregadas acordadas dia e noite. Cuidem que minha mulher não se aproxime das janelas ou do terraço. Ela me telefona dez vezes por dia.

Largo o aparelho, engulo, zonzo, um suco com muito açúcar.

Diacho. É um perigo para ela mesma. Esta tensão não me larga, chega aos meus filhos, chega às viagens. Ela pode derrapar a qualquer momento e há horas em que não sei se está pior no sanatório ou em casa.

Calor abafa debaixo dos refletores. Espeto. Três e meia da tarde e não tenho sequer quinze minutos gravados de *show*. Com a direita fechada, soco a outra.

Wilsinho, como se fizesse uma revelação, escorrega outra impostura ao repórter:

– Sabe, Toni Roy não é mineiro. Nasceu em São Paulo. Mas a sua família se transferiu para Divinópolis e ele acabou sendo criado por lá, ganhando esse sotaque de mineiro que não perdeu mais. No começo, assim que vi o Toni, não fui com a cara dele, não. Depois, ficamos amigos. Mais tarde, o pianista Teles resolveu levar a gente para Ribeirão Preto, onde nos viraríamos com o que aparecesse. Em Ribeirão, corremos pra Rádio Clube, fizemos um teste. Ganhamos fácil e o diretor do *cast* contratou os mineiros. Fiquei em Ribeirão. Toni Roy se mandou pelo mundo, venceu no Rio, essa coisa toda.

Fácil, droga nenhuma. E, no Rio, passei fome. Gravei *Boy's Rock*, de favor, mudando de nome para Willy Montini. Que pulou para os jornais. Mas me faltou repertório, gás. A mim e à gravadora. E toquei de volta como um *crooner* anônimo aos interiores de Minas e de São Paulo.

– "Leva lixa para os pés."

Vivo com o coração na mão. Médico não resolve. Resolvesse, não haveria doença. Iludem, indicam sonoterapias, internam. Baixa sanatório. Sai, melhora, piora, fica no mesmo. Das agulhas de acupuntura ao terreiro da umbanda, a doença me torra dinheiro. Já viveu no mar e na montanha, trocando ares, e já viajei para botar minha mulher boa. Três enfermeiras em casa, camufladas de empregadas para evitar que ela se atire lá pra baixo. Cada coisa nova que se tenta, uma fortuna. E os médicos não me dizem duma vez que não sabem o que tem Mafalda.

Assim, nesta batida, a gravação se arrastará até as cinco da manhã. Agora, o diabo do flautista famoso, Angenor, que estou apresentando no *show*. A gente o contrata para fazer um número especial no programa e o mulato está querendo pular fora. O pior é que é um velho de sessenta e cacetada de anos, tem uma timidez que mexe comigo. Fica aí, na minha frente, uma humildade que comove, me dizendo com voz fraca, precisa sair às três da tarde. A carapinha branquejando. E fala que tem um ensaio com o regional de não sei quem. Ela pode se atirar de uma janela a qualquer hora dessas. Mas esse Angenor é uma criança, só ele não percebe que a tevê matou todos os regionais do país. Tiro rente as esperanças:

– Olhe aqui, meu camarada. Só gravei vinte minutos do programa até agora e esta joça vai terminar de manhã cedo. Agüenta a mão.

O que é gente descida do morro – o da flauta não esquenta a cabeça. Procura a última fila das poltronas do teatro e vai cochilar, se puder. Angenor faz uns olhos bons, verdes e redondos.

Iluminadores vêm voltando do almoço, recomeçam suas brincadeiras de boca, mão e pé. Com as Toninfetes tenho de ensaiar *Na volta de seus cabelos*.

Mais um defeito no vídeo-teipe. O coordenador insiste que eu vá almoçar. Para o diabo. Tragam esse sanduíche seco de carne assada. E vamos pro pau. Tratem de botar som nesta gravação. "Leva lixa para os pés." Tranco-me num estúdio com as Toninfetes e canto os números românticos. De passagem, apanho Wilsinho largando para o repórter:

– Agora, o que eu acho mais importante foi que, em 56, em Ribeirão Preto, Toni Roy escreveu atrás de uma folhinha, no nosso quarto de pensão, que "se eu não vencer na carreira artística dentro de dois anos, deixo tudo. Mas se eu vencer, juro que dividirei o sucesso com os meus verdadeiros amigos". Guardo até hoje essa folhinha. Foi verdade. Toni venceu e nunca se esqueceu dos seus amigos. E mais. Nunca mudou de comportamento.

Wilsinho, Wilsinho, tenho mudado sempre. Só tenho feito mudar na vida, Wilson. De nome, roupa, cara, que a velocidade aqui do ambiente é uma máquina de moer gente. Sucesso não tem duração. Só pinta aprendiz de feiticeiro atirando no que vê e acertando em alguma outra coisa, quando acerta. A tevê faz um monstro sagrado hoje e devora amanhã. Nada, ninguém fica. Isto não presta nem para quem faz e nem para quem olha. E o pior, Wilson, é que não dá para desinventar a tevê. Wilsinho, você está esquecendo de contar ao escriba, esse paspalho aí na sua frente. Lá em Ribeirão Preto, na tal fase de maré baixa, para ganhar a mixaria, os trocados, tive que pintar aquelas frases engraçadas em pára-choques de caminhões. Pintava com uma perfeição danada, seu porra! Não errava uma letrinha, inda mais as tremidinhas. E não era que eu gostasse, não. Errasse, me botavam no olho da rua no mesmo minuto. Eu estava a perigo, Wilsinho. Bem mais do que você sabe. Conta aí como foi que derrapei até Ribeirão. De degrau em degrau, camarada. A gente começa a sentir o travo da derrocada dentro da nossa casa. Depois, nas ruas. O povo parece não nos conhecer mais. Ninguém pára na rua e lhe pergunta se você não é o fulano do *show* da tevê. Os caras o ignoram da noite para o dia e isso dá um amargo na boca. Até a fotografia sumiu. Misteriosamente, aquela foto que ficava no porta-retrato da casa comercial de artigos sei-lá-de-quê... sumiu. Num tiro, Wilsinho, sumiram com você. Sabe lá o que é? Aí, o gajo tenta um recontrato, mesmo humilhante. O recontratador não é escroto, nem nada. É que há o salame e a faca, Wilson – recontratador é a faca; você, o salame. O tipo é frio, desinteressado e ocupado. Ontem, você fazia um papel principal, hoje só tem o que tem, uma beirada em programa humorístico. Você gela, companheiro. Fica sabendo de perto o que é cagaço. E se soluçasse, se gemesse, se chorasse num cantinho iria ficar mais sozinho e os caras: "é um otário chorando". Você perdeu, de estalo. E não lhe dão tempo para carregar de novo.

Ande. Não está agradando, o jeito é andar. Antes que lhe metam um pé na bunda.

Tanta coisa para a minha cabeça. Mafalda, de novo, no telefone. Para nada. Ou antes, interrompendo a fala para gritar o pregão da cega ouvido nas ruas de Copa.

Cadê Bebeto? Preciso do meu filho, já, aqui, para fazermos a cena dos caipiras. Quero Bebeto agora, correndo, eu e Luluca esperando. Wilsinho, sem graça, ao meu ouvido. O garoto está lá em cima, distraído, na técnica, brincando com alguma coisa. Tonto, pego as escadas, me mando ao primeiro andar. Trago Bebeto aos trambolhões, vestido à caipira, choramingando, desmanchando a maquilagem. Mais essa! Disciplino, meto-lhe o braço, meto o Bebeto em cena. Wilson me atenta, que a imprensa está presente. Ia estapear de novo o menino e paro. Meto-lhe os olhos firmes, digo-lhe sério, baixo, ao pé do ouvido:

– Fica quieto. E não me saia daqui. Quieto, não chora, que você apanha mais – e, para Wilson – vamos lá.

Enquanto pelejo com a claque, Wilsinho vende meu peixe ao repórter.

– Recebe inúmeros convites. Também, este ano, Toni Roy ganhou com *Cálida noite* e *Caramuru* nada menos de cinco prêmios da imprensa falada e escrita. O que posso adiantar é que duas casas noturnas cariocas começam a tentar Toni Roy. Seria, sem dúvida, uma pedida excelente. Toni, hoje, representa o programa mais bem cuidado da televisão brasileira e, graças a isso, readquiriu em tempo recorde a atenção e o carinho de um público que, há tempo, não mais falava do seu nome e do seu trabalho. Prova-se, assim, que as pessoas só se queimam, na televisão, quando se permitem.

Sei, Wilsinho, sei.

– "Leva lixa para os pés."

A claque tem gente quase já cabeceando, sem vibração nos aplausos. Ninguém agüenta soltar mais as risadas do início. Estou sem almoco, sem jantar. Meus dois filhos estão lá, dormitando, nas poltronas do fundo do teatro. Duas e meia da manhã e o calor continua. O pessoal das câmeras começa a tropeçar. Quebrados, estouradinhos. Faltam os três quadros finais.

Quando eu era menino, em Divinópolis, buscava a ponte do riacho, desandava a cuspir lá pra baixo. As plantas boiavam, passando, lentamente, viajavam. Se o cuspe caísse em cima de uma delas, ia dar certo. Caísse fora dos aguapés, tudo fracassava na vida.

Wilsinho, plantado na cabina de coordenação, acompanha sonolento.

Levanto-me e que ninguém saia daqui sem a gravação pronta. Que se danem. Caminho para a claque, dedo espetando, com o cotovelo empurro Ferreirinha, gordo e abobalhado na minha frente. Assim não dá, gente. Vamos rir. Ou substituo vocês por um disco de palmas.

– "Leva lixa para os pés."

Quando esta zorra acabar, eu terei o corpo todo doendo.

– Vamos rir, seus filhos-da-puta!

Matei, mataram a carreira de Willy Montini. Depois, liquidaram Toni Roy. Durou uma nuvem passageira trá-lá-lá, como se diz cá no ambiente. Pouco mais que o tempo de *Boy's Rock* rodar algumas semanas nas paradas. E sumiu, sem notícia, como a etiqueta Season.

Gramei, então. Andei pastando, quebrado, errei. Quando me faltou Mafalda, a sorte desandou. Uma saraivada de fofocas sórdidas me pegou de jeito. Houve até um escriba para registrar que eu estava matando a mim mesmo, não passava de um despreparado para o sucesso. Escreveu que eu sofria de uma doença dos tempos novos, a síndrome do escorpião.

Crooner, aí pelos interiores, comendo pó, amassando barro. Uns três anos. Três filhos nos ombros.

Virei Toni Roy da noite para o dia, de estalo. Romanticão de respeito, ídolo das crianças, homem-show, batendo a marca dos 75,0 de audiência. Uma força.

Quem diria, uma virada. Veio um grandalhão, vento contrário e inesperado correu os pequenos. Derrapei feio, chutado com a subida de William Santos. Fera. Comprou horário, fez programas de dez horas seguidas. E barbarizou, o rapa-tudo. Só deu ele, mandando pras cabeceiras.

O que chega com grana alta, engole. Talento, aí, nem conta. William Santos voava. Estraçalhou, tomou o campo. Os pequenos, eu e outros menores, derramamos lágrima.

Ralado, falido. Pé na estrada, pelejei. Rondo cidadezinhas, buracos. Mambembe, sumido das notícias, jogado, no apagar. Devagar, quase parando. Encalacrado, eu catava os cacos.

Reapareci, magro. Esfarrapado, barbado, olheiras fundas sombreando de roxo. Mendigava, rouco, agredindo, pastoso e intimado na televisão: "Me passa a grana já!".

Exigindo mais que pedindo, mandando não suplicando, torto, estropiado, um pé-rapado. A figura troncha que compus em cima de uma marchinha de galhofa, estrondou. Na cidade, no país, nas ruas, na boca do povo, a frase vai que escorre.

Olhe aí, olhe aí,
Me passa, me passa já,

Me passa a grana já!
Olhe aí, olhe aí,
Me passa a grana já!

Vou consagrado, disparando. Cômico, comovo. Vagabundo, trapo, caricatura, pateta, zé-mané, intrometido, merduncho, invado auditórios. O povo ri da minha miséria. Ou chora. Sei lá. Invado de verdade, como à grande. Tenho índices de audiência que chegam a 90,0.

Reconhecido nas ruas, nas praias, nos botequins, nas estações de viagem. As conduções que passam cheias, gente se pendurando, umas misérias, e que vejo do banco de trás do meu carro. Nos ônibus, o povo me grita. Eu grito nas primeiras páginas dos jornalecos e nas capas das revistas.

Me passa a grana já!

Virei praga. Um redemoinho. Virei marca de doce, capa de caderno escolar, nome de bar, de cachaça, de brinquedos, marca de pó de café, decalcomania nos vidros dos automóveis, flâmula para parede, marca de pente.

Da noite para o dia, num tranco.

– Me passa a grana já!

Quem me dera voltasse a cantar, dançar, contar piada, ator, cantor na televisão. Vou sendo torcido. A marchinha me esmaga em todos os cantos do país.

– Me passa a grana já!

Willy Montini, o *rock-'n'-roll*, o sapateado, o *showman*, o romântico – mortos. Toni Roy não pôde se enturmar na ala da bossa nova. Nem em droga nenhuma, agora espantalho. Para o escárnio, a indiferença, a arrelia das crianças, velhos, moleques, babás, e mulheres mal-amadas.

Viro praga, já disse. Nos inferninhos, nos escritórios, nos bordéis. Até ali.

– Vem cá, amor.

Na zona, o mulherio arrombado sapeca na batalha da vida. E mudou o jeito de chamamento dos homens:

– Olhe aí, me passa a grana já!

Nem cantor de fossa feito Tito Madi. Longe da classe de Dolores Duran. Que três vezes ganho o que os dois ganharam juntos.

E os jornais nem se lembram de que um dia fui cantor.

De volta ao camarim, desfaço a máscara, estourado. Vou vazio, outro sujeito, me torceram.

Hoje digo, e tenho, casa com praia particular em Joatinga. Também, pudera – Toni Roy, Toni Rói. Rói, rói. Rói.

Dói.

Sou quem? Um esporro, um sarro, esparro?

Desdentado. Coço as virilhas. Mendigo, barbado, calças rasgadas, joelhos de fora, loto auditórios. E o povo pede, junto comigo, a grana já.

Barbado e fedido, o povo me quer. Sujo.

Dedo-duro

Dois Raimundos, um Lourival

E vem de um distante batuque descendo as ladeiras o balangado, o meneio no andar das mulatas e o sorrir inteiro que esta gente põe no olhar.

Sol bate, rebate, faz um clarão todo por igual.

Sou puxado, num repente, pelo grisalho bêbado, um Joel, suando e dançando nas pernas, que me empurra guiando para dentro do botequim e vai gritando cachaça.

Dois olhos raiados de sangue me espiam, esperando a palavra. Não era isso que eu esperava do lugar, buscando aqui três famas diferentes. Patrimônio histórico, barra pesada do candomblé e as mulheres mais bonitas da Bahia. Mas topo bêbados delirantes, à luz de um sol sem pena, chega a embranquecer casas e coisas debaixo deste azul, céu de doer.

Quero desguiar e não há modo. Tento uma camaradagem sem trompaços e encontrões, no diga aí, meu compadre.

Ele engole a pinga, bota careta, cospe e despeja:

– Tudo bem. E tudo merda. É uma cidade da porra.

Ajunta lamúrias, pragas, imprecações. E vai contando nos dedos. Nenhum mercado de trabalho para ninguém e os prefeitos são uns fiascos.

– Esta é uma cidade funerária e beberrária.

Desguio de vez, envieso, pego a praça do mercado e chego onde mais movimento e rumor se aformigam na sujeira, nos cheiros fortes, promiscuidade, misturação, galinhas, bodes fedorentos, porcos.

E chamam a isto inverno. Suo neste março, no mercado

que começa pela fileira de barracas de armarinhos e sandálias de couro cru e solados de pneu. Entra, aí, pelas frutas, ervas e salgados. Vou empurrado como em procissão e, de um lado e de outro, vendem-se bichos, aves, talhas, cerâmicas, carnes, farinhas, feijão. Barracas expõem uma mixórdia cheirosa, desmaiando, ensolarada.

Ruído muito e cantoria de cegos e pedintes, uma rabeca corta o ar. Jegues pacienciosos, velhos guarda-chuvas descorados que de preto passaram a brancos, ruços e hoje vão da cor-de-burro-quando-foge. Um marrom lavado, xexelento, ficou sofrido, ruço. Pregoeiros me passam, é a pimenta-de-cheiro e o dendê; trescalam frutas tantas, jaca, manga, laranja, abacate, banana, coco e se misturam às negras e mulatas, que carregam tudo à cabeça e dão nó nas cadeiras. Sobem a rampa de pedras irregulares, lentas e firmes, bem marcadas na cadência, ancudas, tomam os lados da igreja.

As casas encaram os homens, mulheres, molecada miúda, jegues parados. O sol de rijo, caindo amplo na cantoria dos cegos. Safira, acolá azul transparente, largo, o céu é grande em cima da gente.

Parece meio-dia e são duas da tarde.

Atracado por três moleques, pés no chão, caras cavadas, lanhados, despachados na fala. Dois roxinhos e um pardo.

– Nós somos direitos. Nós, quando vêm os turistas, a gente fala sobre a cidade. O senhor quer visitar o Museu da Cidade? O senhor quer um bom pai-de-santo? Tem um porreta, antes de São Félix. Tem muitas coisas boas. Tem uma das melhores igrejas, Ordem Terceira do Carmo. Lá tem sofrimento de Cristo apresentando uma cal chinesa. Mais o Senhor dos Passos, todo feito em madeira, escultura portuguesa.

Debulha na ponta da língua. Um que matraqueia aos supetões, tomando a palavra dos outros. Disputa se firma e os três deitam falação a um só tempo. Mal firmes, prendem a respiração quando não agüentam mais e recomeçam, metralham. Desembestam brigando, quase aos sopapos, que um só será o cicerone. Tenteio, no começo. Mas vou me desvencilhar.

Ah, a mulher mais bonita, das vistas até então, não é negra?

Vejo cá da ponta, vendendo castanha-de-caju assada, a mais frajola das mulheres do lugar. As maçãs do rosto dão ângulo, um pescoço fino, o colo liso de alta e agazelada. Não é negra inteiriça, nem roxinha mais para o fosco como as do Recôncavo. Mais está para o jambo, acanelada, mãos dobradas na curva das cadeiras. É mulata e Veronice mesclada, de aí uns dezessete anos e um verde nos olhos marinhos, lá longe e fatais. Mercadejando, a graça.

De perto, é mais. Olha de canto de olhos, sabedora, percebe um tudo, mulher, abre só um pouco a boca branca toda igual.

A charla fica impossível, ali. Vivo como um gato, ladino e pronto, se planta entre nós o pai, mulato dobrado sacudido do chapelão de palha à cabeça querendo saber quantos quilos vai de castanha. E, por via das dúvidas, ressalta que o óleo da castanha-de-caju serve até para mover avião.

E eu que quase ganhei um sorriso.

Voltam-me os moleques, a fim. Largam a ladainha de guias. Driblo mas não escapo, me pegam na curva do portão, me puxam pelas calças, teimam, se postam em campo aberto. Estão com a fome pega e me exigem, plantam-se nos paralelepípedos quentes:

– Veio de Portugal. Dentro da sacristia tem um Cristo todo em marfim, todas gotinhas de sangue são em rubi. Tem a parte do crucifixo mais antigo de 1686. É a prata mais velha. Tem um túnel antigo que quando a santa jesuíta passava com toda a sua riqueza ia sair no seminário de Belém.

Fácil, molecada me ganha. "São cidades históricas, Cachoeira, São Félix, Belém, de onde saiu o padre Alexandre de Gusmão, inventor de aeróstatos."

Alexandre ou Bartolomeu de Gusmão, tanto faz. São só uns trocados para cada, não morderão mais do que cinqüenta. Seja. Deixo, me tomem por barão.

Dois Raimundos, um Lourival. Rondam treze anos, se tanto, batem perna, apanhando algum de turistas, decoradas as leituras que ouvem no escritório de turismo. Decorebam tudo e soltam, com agilidade, na cabeça do barão visitante.

Também há umas e outras de cor e salteado. Um dos Raimundos, dez irmãos; outro, tem seis. Lourival diz: são quatro. Mães trabalham para fora; pais, sem profissão, se arrumam com o pescado no Paraguaçu. O rio de águas pretas dá peixe bom.

– Tem o piso espanhol, o barroco italiano, a madeira ébano que só dá na África ou na Ásia. Tem a escada que reza o Pai-

Nosso completo. E tem os ouros. É tudo original. A talha é toda feita em rococó francês.

Grudaram-me. Arrancada a atenção, dançam de alegria, tropeçam um no outro. Empolgados. Um dos Raimundos, o lanhado de cicatriz feia na testa, trabalha mais.

Come um couro de atabaques no batuque distante descendo as ladeiras.

Arriadas à sombra, silenciosas defronte ao mundão de cerâmica, talhas, gamelas, negras velhas, lenços à cabeça, se acocoram às beiradas do casario, saia surrada no vão das pernas, num tufo. Cachimbam e cospem.

– Tem uma água especial. Contém magnésia e sais minerais. Tem uma cruz toda feita de jacarandá, esculpida a canivete. Tem o grande artista dentro da cidade, Dante Lamartine, de pinturas.

De cá da margem do Paraguaçu, São Félix aparece de frente, calmo presépio colonial, traquejado e sestroso de palmeiras ancestrais. Escorrem na casaria caiações claras em amarelo, azul e verde, mais leves e nítidas com a luz deste sol. Sopra a brisa ligeira. Gostoso, olhar e ela na nossa cara.

O guardado para turistas e fariseus, já deformado pela pressa, atropela, ansioso:

– Tem o artista chamado Louco, filho Boaventura, que trabalha em escultura em madeira. Tem a Cabana do Pai Tomás que tem antiguidades. Precisa falar o nome das antiguidades que tem dentro?

Bato a cinza do cigarro, chuto para longe um papelucho do caminho. Os três não estão com a fome só, pés no chão só; manchas amarelas clareiam de verminose nas caras.

– Louças, armas antigas, relógio oito de parede, punhal, clavinote, cerâmica do Cândido Xavier, tem pilões antigos, escultura do Maloco Filho, Roque Bolão que tem outra casa de negócio. E ele mesmo trabalha para ele.

Tomamos táxi que toca para os lados dos trilhos dos trens, os moleques se enfiam no banco traseiro, rápidos e magros. Ganhamos a ponte histórica, inaugurada por um imperador do Brasil.

– Tem uma ponte feita na Inglaterra transportada para Cachoeira. Ela tem 365 metros de comprimento e 9 metros de largura, feita pelos ingleses e inaugurada por D. Pedro II em 1834. A gente passamos agora em cima dela.

Vencida a ponte, do outro lado, São Félix.

Às igrejas, feito turista. Basbaque e curioso barão. E logo, antes que a tarde comece a cair.

– Tem o rio Paraguaçu. Paraguaçu era uma índia, mulher de Caramuru. Quando ele chegava, aí se dizia: cuidado com esse homem que ele é feito de fogo, filho do trovão e anda trocando guerras e dando tiro para cima e tiro para a terra. Ele pegou uma vasilha e pôs álcool dentro e gritou para os índios que tava tocando fogo no álcool. Se os índios começassem com a luta, ele tocava fogo no rio e matava todos eles de sede. Aí, Caramuru ficou comandando a tribo dos índios carajás. Ele ficou como rei da turma. Aí, no fim, todos os índios morreram e ficou Caramuru sem alguns índios. Ele se revoltou e se matou.

Tem o rio Paraguaçu, tem, tem, tem. A latomia renitente, dita de cor. Corto:

– Menino, o que é barroco?

– É um apreparo muito interessante que vem da Inglaterra. O que pintou a pintura da igreja Ordem Terceira do Carmo foi José Teófilo de Jesus, que pintou o ouro da igreja.

Ronca da praça uma zoada de reco-reco, som de sapo ou perereca, que um vendedor de cigarrinho de criança oferece. O brinquedo, pobre, mas de engenho, caixinha de percussão em que se amarram, ao papelão, uns poucos, cinco-seis fios de sisal ao pauzinho com a ponta coberta de betume e breu. Vai girando feito reco-reco, distrai a gurizada, daí o nome. Zoa que vai longe.

Meu, meus acompanhantes não querem nada de cigarrinho de criança. Afoiteza não se distrai e o mais falante dos moleques está a trabalho, não a recreio. Embala:

– A cidade foi fundada em 1595 por Henrique Paulo Dias Adorno. No mesmo ano foi feita uma igrejinha. Foi a principal residência. Pero, um dos irmãos de Caramuru, índio domado, fez uma residência que hoje é uma detenção e antigamente foi uma das principais casas dos senhores de engenho. Tem a Prefeitura na cidade de Cachoeira e lá tem um canhão de bronze com emblema de Portugal que foi achado no litoral esquerdo do rio Paraguaçu. Em frente da Prefeitura se passou uma das primeiras lutas da independência da Bahia, a 25 de junho de 1822. Tem o

Museu Nacional que tem todos os móveis de D. Pedro II. Quando ele esteve aqui na cidade, se hospedou num sobrado, em 1834. Foi quando ele veio para inaugurar a ponte. Na rua 13 de Março, defronte à Pousada dos Guerreiros, tem o melhor motel da cidade, que antigamente foi uma das primeiras casas das moendas.

Olhamos as cascatas admiráveis e, depois, mais igrejas ancestrais.

Três e meia da tarde e a turminha a pé, pelas ruas de calçamento irregular. Minha cabeça baixa, quando em quando, com o falatório que retorna.

Comamos peixe. Feijão de cor, mulatinho, arroz, farinha. Ou moqueca. Venha tudo e bastante, a molecada deve estar arada. Haver, há sempre, desde que se pingue uma gorjeta. Assim, peço cachaça da terra, mesmo com o calorão.

Ocupamos a mesa oval, madeira forrada de oleado florido e gasto na pensão vazia àquela hora da tarde. Para o lugar, isto não é mais hora de almoço. Tragam refrigerante para os moleques.

Ficam alegres como crianças. Falam entre eles, entretendo-se, com vontade e comendo de colher nos pratos fundos. Arados. Entorno cachaça, belisco a moqueca farta de dendê e pimenta.

Já se esqueceram, não rezam mais o landuá.

De longe em longe, passa um e passa outro na rua larga de sol. Chega-se um mulato e se intromete, humilde na mesura, doutor e outros tratamentos, um rasgo na calça gasta no lugar dos joelhos. Vai dizendo que sou filho de Xangô e ali, logo mais, ladeira acima, há um pai-de-santo que adiantará a minha parte.

Questão de trocados.

Na mesa, um deles, saciado ou bêbado de comido, meio modorrava, meio batucava bem baixinho no oleado, cantarolava numa meiguice. Era Lourival, o da falha de dois dentes da frente.

Um Raimundo tem dez. Outro, seis. E Lourival tem quatro irmãos.

Dava para pegar:

Quando eu morrer, eu vou em troca de camisa
Neste mundo pobre de luxo não precisa
Cinqüenta velhas desdentadas e carecas
Onde ia à frente tocando na rabeca
Cinqüenta velhos bem barrigudos
Onde ia à frente tocando num canudo
Cinqüenta velhos de forros e balões
Onde ia segurando nas argolas do caixão.

Milagre Chué

Dedo-duro

Nada é mais seguro do que as coisas incertas.

François Villon

Deu-lhe um ruço. Caiu-lhe um ruço na vida andeja. E, estratégia errada. Como o pinta não cruze os braços, as coisas vão acontecendo. Que não há nada para acontecer como as coisinhas da vida.

O herói já não se intrujava bem em sua andança pelo Rio. Cadê que passasse à frente os óculos escuros de marca francesa apanhados para revenda na fabriqueta clandestina de Cascadura?

E na barca de Niterói aventurou empurrar gasparinos. Mas, magro fim de mês. O povo do lado de lá da Baía viajava derreado, lesado e dormindo tanto na ida quanto na volta. Deu sinais de desprezo aos gritos de Jacarandá.

Por pouco-pouco não o mandaram lamber sabão ao oferecer pente de osso na rua Acre. E o rapa da polícia, rápido e medonho, o engaiolou sem pena ou indagações, numa sexta-feira às seis da tarde, vendendo velas ao pé do Convento de Santo Antônio em dia de promessas, pedidos e orações.

Não havia persignação que lhe regulasse aquele andaço. Nem o raminho de arruda espetado na orelha, nem as três batidas de punho fechado na madeira, nem o seu pelo-sinal três vezes sempre que passava diante de um santo, igreja ou cemitério. Não adiantavam a sua parte.

A maré era de urucubaca raiada e o mais que o poeta do momento logrou foi sensibilizar um comissário da 1ª DP, na Praça Mauá, ao lhe implorar, entre chororó e humilhado, que era um homem em trânsito pela cidade. Sacou, de reforço, uma mãe doente e irmãos que nunca teve. O majorengo, nas dúvidas, torceu o nariz, cabreiro. Havia mau cheiro ali. Mas batendo os olhos nos farrapos e na pindaíba geral do pinta, além do que lhe notou um sotaque arrevesado, pouco típico do faroeste da Praça Mauá, deu livramento ao vagabundo. Seria liberado. Lavasse, antes, o chão do distrito com escovão e água sanitária.

Pisando em terra firme, a peça não quis nem saber de que lado ficava o cais do porto. E, antes que armasse alguma marotagem de fim desastroso, se raspou. Nem teimou, como lhe era vício quando atuando no Rio, em vender periquitos por papagaios aos turistas, matreirando que a ave pequenina cresceria com o tempo, chegando ao tamanho de um papagaio.

Tropicando, Jacarandá estava arrepiado. Mal-benzido e mal-rezado, sem dinheiro e sem patrões, só lhe restou se mandar do Rio. Desfiou uma história milongada numa transportadora de São Cristóvão, em que misturava nova mãe doente com outros irmãos inventados e, assim, o gajo meteu-se na boléia de um caminhão. De carona, tocou para o Sul do país. Como motorista de caminhão não nega carona, Jacarandá seguiu.

Maldormido, pior comido, machucado, mal-amado, prejudicado, o tipo nem dormiu na boléia. Desmaiou. O cansaço de dias pernoitados em porta de igreja, em vão de escadaria e em soleira de edifício, baixou-lhe represado, de vez. Provavelmente não se possa dizer que tenha dormido como um justo. Mas dormiu umas vinte horas.

E só acordou debaixo de sacudidelas, em Londrina, Norte do Paraná.

– É o fim da linha, companheiro. Acabou o conforto!

O coisada esfregou os olhos e deu com a cidade de terra roxa, forte, se impregnando em tudo, nos seus andrajos, no seu sapato molambento de saltos comidos, na sua barba de uma semana, no seu miserê e nos seus sonhos.

Lembrou-se, esperançado, que aquela cidade era um Eldorado. Dinheiro gordo rodava à grande e solto, fácil, fazendo-se ali fortunas do dia para a noite. Catara, de ouvido, em suas andanças. A luz da esperança lhe brilhou.

Espreguiçando os olhos sonados, batendo o pó vermelhão da roupa, o pinta agradeceu não estar numa cidade grande, decadente, madrasta, difícil. Fantasiou umas grandezas na cabeça, sorriu meio cínico para si mesmo, foi à vida.

Andou praças e bosques, a fome fisgou, a sede bateu, topou com um bar da moda, o Flag, mesinhas coloridas ao ar livre, sossegado, quase vazio àquela hora da tarde. Havia um ocupante, um só. Tinha ar entediado, embora o gajo periclitante, arisco e de longe, visse que o homem bebia caro, vestia bem, era um abonado desta vida.

– Cidadão.

Chamado. Vexou-se. Desenxabido pelas roupas sujas e barba por fazer, a peça atendeu. E ouviu a história mirabolante do homem que se chamava Picolo e já estava enfarado de ser tão rico.

– Vou lhe dar cinqüenta cruzeiros. Você vai caminhar em linha reta até encontrar o primeiro cafezal. Lá, chame a minha estrela. Quando aparecer, diga-lhe, por favor, por misericórdia, pelo amor de Deus, que eu não quero mais riquezas. Fui rico no tempo de ouro do café, hoje sou rico com a soja, com o gado e com o trigo. Não quero mais dinheiro. O pior é que, como as coisas vão, ficarei mais rico este ano com o arroz. Diga à minha estrela que não me mande mais do que tenho. Não agüento.

Tonto, o poeta do momento não acreditaria, não fosse a evidência do papel pintado da nota de cinqüenta cruzeiros pulando à sua frente. Assim, sem entender, marcha em linha reta, procura o primeiro cafezal, onde chamará a estrela do homem rico. No cafezal, Jacarandá grita:

– Estrela do senhor Picolo! Apareça!

Na linha do horizonte, um clarão abrindo suave, dourado. Surgiu uma fina carruagem levada por animais brancos, raçudos, limpos e fortes. Magníficos, um desfile. Segurando as rédeas, com doçura, uma fada de condão mágico que lembraria a infância de Jacarandá, se aquilo fosse coisa de se lembrar. A entidade despachou, rápida.

– Diga ao meu afilhado Picolo que não adianta. Quando você voltar ao bar, ele já terá a fortuna decuplicada. Vai colher mais arroz do que espera e, enquanto ele viver, não lhe darei um minuto de vida sem pencas de dinheiro. Quanto mais ele gastar, mais ganhará. E não insista.

Abobalhado, Jacarandá volta ao bar. Dá o recado e apanha do rico triste:

– O que fazer, amigo, se a fortuna me persegue? Sou um homem simples, gostaria de vida simples, mas esses investimentos, essas preocupações. Vivo abafado – e despediu-se do herói esfarrapado, dando-lhe mais uma nota de cinqüenta.

Jacarandá ligou-se aos fatos estranhos. Bem. Já ganhara cem cruzeiros no Eldorado de Londrina. Mas diabo, se um sujeito como Picolo tinha uma estrela que o ajudava, maravilhosa, em dourados e outros tratamentos, por que ele, Jacarandá, madeira de lei e pau para toda obra, não teria também a sua?

Mandou-se para o cafezal, depressinha, a esperança acesa. Plantou-se no mesmo lugar, gritando:

– Estrela de Jacarandá! Apareça! Eu estou na pior.

A peça ouviu um estrondo medonho na linha do horizonte. O céu pretejou, um relâmpago cortou rápido e triscando, o gajo apavorou-se nas pernas. Veio, rangendo capenga, uma carroça estropiada, puxada por um burro magro, despelado. Segurava, com raiva, as rédeas imundas uma bruxa velha e magra, olhos fundos e cara de morte, que lhe berrou, aporrinhada:

– Quem foi o infeliz que me chamou?

– Eu, minha estrela boa – engrolou Jacarandá, apequenado e feio, como um pardal molhado.

– Suma daqui, desgraçado! Fique sabendo que você só ganhou aqueles cem cruzeiros porque eu estava dormindo.

Excelentíssimo

O povo-povo, povão, era grosso, inconveniente, detestável.

– Gentinha.

Assim, porque não fizesse frio e nem fizesse calor e, para fugir à vulgaridade chué que infestava bancos e espaços do falso-verde da Praça da República, onde proliferavam, azucrinavam, acampavam trombadinhas, pivetes, bandidos, bandidetes, marafonaria barata, engraxates, bicheiros, invertidos do amor e todo o resto do acompanhamento daquela fauna rica e pobre flora, o poeta desguiou dali. Tomar a fresca na Praça Júlio de Mesquita. Andou.

Dos mármores brancos do chafariz da praça, via o Moraes, o rei do filé. Mais um antro dessa classe média decadente, sem tradições ou emulação, que se mistura a tipos boêmios e irresponsáveis da noite, desocupados e, na maioria, sem amanhã. Promiscuidade, chulice. *Bookmakers*, expedienteiros, viciados em corridas, viradores, artistas pobres e gente sem quê nem para quê. Inconvenientes, barulhentos. Tocou dali, nariz torcido.

Nem era o lusco-fusco e nem hora do *rush*; não era a hora dos pardais e nem dos namorados, mas a garota de cabelo bonito no tamborete da lanchonete, mordiscando misto-quente e engolindo suco, lhe beliscou a sensualidade. Ele, acordado. Opa!

– Garção. Alcance-me um conhaque.

Mas nessa tarde, em solidão, nem os garções o levavam a sério. E aquele, agora, quis saber a marca do conhaque num estalo de beiços, debochado. O poeta do momento reagiu com altivez, seco, impondo:

– Francês.

Francês não havia no boteco xexelento, nem o macete deu resultado, a menina não olhou. E o gajo, conformado, tocou para os lados da Praça Princesa Isabel, onde se colocou, sentado na mureta, pernas cruzadas e olhar distante, aos cuidados do Duque de Caxias no alto do seu cavalo. Então, debaixo do paladino varonil, sentiu-se abrigado das insensibilidades e ingratidões do mundo e, principalmente, deu as costas aos palavrões escritos a carvão no cimento branco do pedestal da estátua. O olhar vago não via pedintes esfarrapados, tampouco esmoleiros patéticos; não media o lufa-lufa da luta brava da cidade, nem o vaivém do povo para os lados da Rodoviária e das estações de trem.

Uma dúvida o tomou. Aceitaria o jantar daquela noite na mansão do Comendador Racatti, ou logo mais, nas proximidades das cinco, no chá de baixelas de prata, faria companhia à Madame Carbô? Necessário também verificar as ações da Petrobras, os títulos petroquímicos e os das refinarias, das bebidas e da metalurgia. A Bolsa de Valores ia em alta perpendicular, ascendendo à casa dos milhões diários. Afinal, não era ele o homem que tinha os corretores mais marotos na mão? Vender ou não o lote das 100 mil da Petrobras pp; como reposicionar as outras, as menores; o Banco do Brasil, Belgo, Brahma? Ah, e havia o *open market*. Em seus negócios diversificados apontava um branco. A indústria de peças e acessórios de automóveis vendera menos 25% até aquela altura do ano. Urgente mudar o posicionamento e reinvestir talvez no mercado imobiliário das periferias da cidade, acionar, enfim, os loteamentos das proximidades de Osasco. E Osasco é excelente cidade-dormitório. Mais ainda para quem não dorme lá. Talvez fosse o momento de reativar os planos para o novo conjunto habitacional, entre Pinheiros e Butantã, onde cascavel nasce sem guiso. E a que os aduladores miúdos já lhe haviam sugerido o nome de Cidade Jacarandá. A figura tinha uma exigência. Que os moradores, quando menos, fossem da classe média. Aquela gente que engolindo mortadela arrota peru; e bebendo cachaça faz barulho de uísque. Ela e seu *status*. Mas o exercício desses pensamentos dinheiristas, imediatos e aflitivos o aborreceram. E bem. A frieza dos dados estatísticos irritava a majestade de sua sensibilidade. Um homem fino – mas queria o calor humano. Ojerizava a vulgaridade deste tempo de correrias.

Preferiu pensar em viagens. Ah, como estariam a neve da América ou as cerejeiras do Japão? Isto: América e Ásia. Nada de Paris, Londres ou Roma onde a gentalha conturbava com suas reivindicações absurdas e marchas e contramarchas, de greves e terrorismos, que sempre davam na mesma baderna. Barulho para nada, uns chatos, uns insolentes. A escória. Uma dúvida nacional também o preocupou. Faria águas em Cambuquira ou Serra Negra; desceria ao litoral? Ilha Bela, São Sebastião, Caraguatatuba? Ah, a cidade e suas decorrências dinheiristas o abafavam. O poeta sentia gana de se refugiar no verde, no azul.

Nisto, vê a sua limusine estacionando na praça vulgar.

Empertigado, senhorial, cavalheiresco, se levanta e marcha. Dá à maçaneta da porta do carro. E nisto, rápido como um susto, encosta o camburão e os policiais o flagram:

– Outra vez, vagabundo, puxando carro?

Dedo-duro

Uma memória
imodesta
no coração
da pouca
vergonha

Dedo-duro

Paulo Melado do Chapéu
Mangueira Serralha

Paulo Melado do Chapéu Mangueira Serralha

– epígrafe

Eu nunca senti falta do trabalho,
Desde pirralho
Que eu embrulho o paspalhão,
Minha boa sorte é o baralho
Mas minha desgraça é o garrafão:
Dinheiro fácil não se poupa
Mas agora com que roupa?

Com que roupa?, Noel Rosa, 1930.

Dedo-duro

– outra

Solta a rédea a tua juventude,
não a poupes.

– das canções que Zorba, o Grego, de Nikos Kazantzakis, cantava se acompanhando no santuri.

Paulo Melado do Chapéu Mangueira Serralha

– uma outra

O meu pecado
Foi em querer
Na minha mocidade
Amar tantas mulheres
O tempo já passou
Eu tenho saudades

O meu pecado
Foi passar noites
Em serestas
E bebendo por aí
Pela cidade.

O meu pecado, 1967.

– Samba gravado em disco por Paulinho da Viola, chamado médio na partitura impressa, com letra e música atribuídas a Zé Kéti, mas lembrando, com firmeza, características e ares da majestade dos clássicos de Nelson Cavaquinho.

Uma ave noturna

Vive-se.

Se se é uma chaga viva, nervo exposto, tontice. Ninguém vê. Meu trabalho tem sido, quando presta, disfarçar isso.

Meu pecado é que as manhãs foram feitas para a meditação. As tardes para a contemplação. E as noites, estas sim, para a concentração e a construção. Nelas, expludo.

Não há volta

Hoje, a marca é nos quarenta anos. E desta eu não tenho retorno.

Vou firme. Ou penso que. Declaro gozar perfeita saúde. Se me perguntam, até faço frase. Nesta vida, a três coisas dou apreço – todas as manhãs ao me acordar e abrir os olhos, eu vejo que não tenho automóvel, não uso óculos e ainda estou vivo. Agradeço e prezo.

Ainda uma quarta qualidade me acompanha. Não sou diretor de nada.

Melhor que isso, só pedindo a Deus uma velhice irresponsável.

Choros e landuás

Se me pego e esmiúço, e me componho, estou desfalcado. Hoje me cantam as glórias, nenhum escriba me flagra os fiascos. Vejo, no momento, muita coisa correr em meu nome e o mais é floreio, exageração, uma generosidade algo oferecida. E distraída, também.

Meu cabedal é pobre, de livros e descendentes e, elas por elas, filho de um transmontano emigrado e de uma mestiça do Estado do Rio, neta de negros, nasci sem maior lordeza. A família de mestiços, fluminense naquele tempo, andava arada de fome; correu para São Paulo nas beiradas de 29, ano ruço, e tentou se arrumar no que restava de mercado de trabalho nos intestinos industriais de Presidente Altino, Osasco e Jaguaré. Assim, nasci num tempo desmilingüido, inda mais no meio operário. Muito retrato do dr. Getúlio Vargas nas paredes dos estabelecimentos pobres. Sofria-se que não era vida.

A verdade é que ando cansado desse landuá bem-comportado, asséptico e sem peleja, sem refrega esporro, escorregão, enquanto a vida mesma é escrota, malhada, safada. Algumas coisas me aborrecem em largo e profundo – o que é diferente e bem. O buraco é um bocado mais embaixo. E o corpo humano tem nove buracos. Estou ainda enfarado do lado estético, que falar do feio com forma bonita é mais farisaísmo. Para que forma feitinha, comportada e empetecada; para que um *ismo* funcionando como penduricalho para falar de coisas caóticas e desconcertantes?

Houvesse, de vez, uma escrita envenenada, escrachada, arreganhada. Nem me venham dizer os sabidos que a vida, aqui fora, fede de outro modo. Parece-me que onde se está abrindo com a frase: "Respeitável público!", talvez coubesse esta, assim: "Detestável público!". Afinal, deliberadamente ou não, o escriba é um servo da classe média. Então, não comece com floreio de brilhareco, pois estará entrando exatamente no joguinho que essa classe espera dele.

Acresce que esta franqueza, pesada e rente, é grossa para a maioria e é risco para o cidadão, seu dono, que pode arrepelar no pedaço. Mas sem remédio, aí. Sim. Que a imediato, a médio ou a longo prazo dará em prejuízo. Provavelmente vá feder a provocação antiliterária. Uma ingresia, afinal, quase dispensável. Preferível evitar. "Detestável público!" Isso não se declara a nenhum repórter.

Tudo baseado na flosô. Vi, dia desses, um conferencista que gastou e gastou duas horas e trinta e alguns minutos falando de Graciliano Ramos. Fiquei com um embrulho no estômago. E a impressão de que Graça, se vivo, ouviria o falatório com outro embrulho no estômago. O sabido falava em fonemas na obra de Graciliano, na cor – o branco e o amarelo - em Graciliano. Disse que no curso e transcurso de todo o romance *Angústia* jamais se lê a palavra *angústia*. Só no título. O homem dizia isso, empertigado e ativo, como se tivesse levantado um achado. Quase disparei:

– Ô sabido! Ô quiquiriqui, eu já descobri isso lendo *Angústia* aos dezessete anos!

E não tive professores disso.

O branco e o amarelo na obra de Graciliano. O substantivo sem adjetivo. Horas, horas. Falando, refalando: saturando. Um doutor de falsa fama, em duas horas e trinta minutos, só não diz à platéia de basbaques, otários e sonolentos, que a obra de Graciliano é, além do alto padrão estético, uma denúncia social, um feixe de documentos brasileiros, comovente pela atualidade, a refletir o que ele mesmo pregava – a escrita como a estratificação da vida de um povo. Manipulado, usado, deixado pra lá. O quiquiriqui, sambudo das importâncias, se esqueceu que hoje *Vidas secas* ultrapassa a trigésima edição – ainda é uma verdade nordestina, para bem além de ser obra de arte. E, assim, incomoda, emociona, aporrinha, mexe com a calhordice ou com a impotência dos homens a quem compete direção do Nordeste. Uns incompetentes, uns estéreis. Apenas.

Que me lembre. Freqüentei de cedo, rodas de chorões e seresteiros, levado pela mão de meu pai. O velho sequer tinha escola primária completa. Mas tocava por música. Banjo, violão, cavaquinho, bandolim e os instrumentos de cordas que conheço. Todos.

Atarracado, mãos quadradas e grossas. Mas de onde haveria arrancado aquela sensibilidade?

A mãe, desafinada. O pai, musical de todo. Ainda assim se entendiam, no comprimento daqueles anos todos. Aquele homem tinha uma chave escondida com que fazia a seleção das coisas, amorosamente. Onde diabo teria aprendido aquilo? Fino, acima daqueles ambientes. Dava também para o cultivo de orquídeas. Desconcertava-me. Eu lhe percebia a fineza, a categoria se esbatendo no meio daquelas brutalidades. Levava na ponta da língua alguns nomes em latim. Eu me lembro – onde se escrevia Helvetia, ele pronunciava com *c*. Onde teria aprendido? Cuidava que cuidada de hibridações e, muita vez, viajou em grupo à Serra do Mar, para caçar parasitas. Difícil usar a palavra orquídea. Um dia, me explicou que elas parasitavam os troncos de árvores enormes da serra. E a que eu não podia ir devido à mata cerrada, ao caminho duro, às pragas e aos enxames de mosquitos bravos.

Mas me passou o instrumento. Ali pelos nove anos, pinicava rápido, jeitoso, o *Apanhei-te, cavaquinho* e uns pedaços avulsos da *Marcha turca*. Mamãe, implicada, encalistrava, mas quieta. Cautelosa, zelosa, por perto campanando. Forte.

Para ela, o mundo dos chorões e dos cantores era a vida na farra.

Eu não levasse o vidão das rodas de choros e serestas, perdendo-me na boêmia, nas bebidas, sapecando-me de mulheres, artes, maturutagens. Extravagância antes do tempo. E escondia-me o bandolim. Tão, assim, o velho saía para o trabalho, encafuava o instrumento longe do meu alcance. Que me entretivesse com outra coisa.

Tão desafinada. E, de cedo, dei para reparar em palavras. Ela pronunciava músiga e não música.

Como se entendiam duas pessoas tão diferentes?

Corre um tempo em que, naqueles pedaços suburbanos, a

mulher não intervém na andança do marido. Mas finca uma ditadura e impõe o paradeiro dos filhos. Uma gestapo feminina. Isso, a que depois os autores preferiram chamar de chauvinismo na mulher.

Choro varando a tarde, enfiando pela noite. Mamãe sequer imagina as rodas e os encontros, em que a música de amadores e profissionais se enlaça, se confunde em alto e profundo, em largo e no coração, com harmonia, na alma longa dos choros. Nomes – Garoto, Teodorico, Nazareth, João Pernambuco, Zequinha de Abreu, Guerino, Benedito Lacerda, Abel Ferreira, Pixinguinha, Luperce Miranda, Barrios. Mamãe não sabe dessa legião. Flauta, cavaquinho, bandolim, violão, saxofone, clarinete fazem o ritmo, a tensão, a torcida, a vida e a pureza da gente.

Não toco no correr da semana. Nas tardes e noites de folga, sigo papai. Estou numa prensa, entalado e bem. O pai me quer enlaçando o instrumento, a mãe me esconde o bandolim.

Boca presa, boca de mocó. Não entregarei mamãe. Que, se o pai descobre, haverá frege. Ficará fulo, tiririca, um bicho, desandará.

Guardarei com jeito, até onde eu puder, na tranca e no enruste. Esconderei dos dois, não desconfiarão. A ciumada da mãe e o ensino do velho não se trombariam. Mas a minha vida, aos nove anos, assim é um nó.

Tira-se um choro batuta. É do chapéu, vivo, traquejado. Há derrubadas, afrontas e duelos, companheirismos e rixas. Nem tudo é camaradagem. Cada homem de sopro, de percussão ou cordas, carrega sua vaidade acesa e, mais que forte, escondida. Há paradas duras de solo e acompanhamento. Violões. Um querendo comer o outro, inda mais quando se trata de contracanto e improvisação, quando se quer correr por dentro e se entra num recacau lambido, intrincado de sutilezas, recursos arrumados na hora, manhas, picardias.

Vou quieto, sondando. Corremos, eu e papai, as rodas de Presidente Altino, Osasco, Vila Leopoldina, Lapa e nos trens caxinguentos e estropiados da Sorocabana viajamos a Jandira e Itapevi. Ou tocamos para o outro lado da cidade, para a Luz e para Santana. Reviramos os bairros, os dois nos damos as mãos nas travessias das ruas, andejos. Mas eu não pinico mais nas cordas, a palheta apertada, firme, entre o polegar e o indicador.

Sonsa, tão sonsa. Águia dissimulada. Tensa como as cordas do cavaquinho. Coçando, a rixa não vem a furo. Então, fica no choro um clima que constrange e faz que só resvala. Mas vai fundo e fere. Levanta inimizades que picam e não se declaram. Caminha que caminha, a rixa. Arrasta um fio de anos, dissimulada e roendo, quieta. Beleza de pinimba! Menino, eu não toco. Mas aprendo, na espia, os modos da competição. E passo a torcer por um ou por outro estilo.

Quem ouve o choro ali tocado, não a vê. Mas é um quê engasgando, uma lindeza fina e feia, de íntima. Ela vai crescendo nessas disputas, engordando a cada encontro. Toma corpo. Fica no embalo das passagens para as segundas partes, em crescendo. Tarde após tarde, noite após noite, nunca que explode. A birra.

Só música se ouve. Mas já vou sabendo ouvir mais que ela. A briga está lá, enfarruscada e enrugada, no seu escondido, tocaiada, espiando. Como um cuidado zeloso de ciúme recolhido.

Essa diferença entre os homens, é ela. Esse ciúme, é ele. Esse travo, é ele. É ela, é ele e é ele e são eles que fazem a vida, o vício e a continuação das rodas do chorinho. Berçando.

Na derrubada do choro, só o bom fica de pé. Na derrubada do choro, de duas você passa a desconfiar. Quando alguém lhe diz: "deixa isso comigo". Quando alguém lhe diz: "este cachorro não morde". Você aprende. Quem corre, cansa. A derrubada do choro faz com que, só depois dos vinte e cinco-trinta anos um nome de chorão comece a correr as rodas e se imponha considerado, temido, conhecido de longe. Solista, bandolim, cavaquinho ou sopro são, em geral, os compositores. E guardam feito ouro, represando meses, uma composição nova. Trabalham, gramam em silêncio, ensaiam longamente, em exercício solitário. Não mostram a ninguém, nem à mulher. Trancam-se num quarto, se encafuam. Que ninguém os ouça e não os roube. Soltarão a música mais tarde. Dominada, acabada, todo o traquejo finalizado. Quando se sentirem os melhores intérpretes de si mesmos e dominem os acompanhamentos, os improvisos, certos de que serão imperdíveis e de que ninguém os baterá naquelas rodas de espertos, rápidos e afiados. Na derrubada do choro, calha também o prodígio, a aberração, o bárbaro, o gênio, feito Garoto. Que, em menino, derrubou os mais velhos, pontificando em todos os instrumentos de corda. Era forte, era Aníbal

Augusto Sardinha, o Garoto de Ouro falado. E o seu instrumento, o em que revolucionou – o violão tenor. Carregou nas costas, compondo e interpretando, e levou o choro em escalada contínua, crescendo a cada etapa num jorro, estremeção, rebuliço, pegada diferente na palheta e tirada de som como nunca se ouviu, que clareza, até fazer o primeiro concerto de choro no Teatro Municipal do Rio de Janeiro. Os outros eram bons, arrepiavam etc. Mas Garoto era um só.

Mais tarde, já na casa dos trinta, eu viajaria e ouviria ases do violão, do contrabaixo, do sopro. Toparia flautistas desconcertantes, clarinetistas porretas e um sax, Pixinguinha, desacato. Nessas andanças, uma delas me jogou em Nova Orleans e varei tardes e noites nos bares. Do cair do sol ao alvorecer do outro dia, só ouvindo os crioulos tirarem o *jazz* puro. Eles mamavam no saxofone, no pistão ou no clarinete como quem suga a vida. Brincavam no piano, melancólicos ou arteiros. E tiravam das cordas improvisações trazendo carregadas e suadas e chorando as cargas gemidas, represadas, de seus navios negreiros, a estiva brava nos portos e o trabalho arrastado nos campos de algodão. Sentia-se o sol, o sal e o açoite. E das embarcações, o apito cortante, navioso, de quem vai embora para o outro lado do mundo e poderá não voltar nunca.

Bem. Tudo isso muito bonito, o *jazz* é forte. Mas o choro é o choro. Sublime.

Aprendo o chorinho sem tocar. Até parece família, na aparência, a companheiragem que segue nas rodas. Semana a semana, pessoal se encontrando cria costumes, brincadeiras, manias. Grupinhos se conluiam dentro do grupo. Sinais convencionados e falas cifradas surgem e funcionam criando combinações, habilidades. Há derrubadas que se armam aos poucos, calibram-se com estratégia manhosa, marotamente.

Como não falte aos encontros, passo a conhecido. E faço parte. Claro que não toco, mas sou da turma. Pra cá e pra lá, de tanto ir e vir, os homens brincam comigo e nos temos amizade.

Dão de presente a meu pai. Uma miniatura de chupeta num laço de fita vermelha que o velho pendura na cravelha do bandolim. A chupeta ao bandolim como eu ligado a meu pai. Todos sentem e ninguém fala.

Que jogo nunca aberto! Não notam que eu farejo, entendo, troco por um ou por outro? Mas tudo para mim mesmo, em silêncio. Ninguém percebe.

Vou seguindo o pai, a vontade beliscando, mas não me arrisco.

Não entregaria a mãe. Para final, os adultos vão, vêm e brigam. Mas sempre arranjados, no entanto. E se as manobras engripam e derrapam, sobra um safanão para os pequenos distraídos nas redondezas. Sempre. Gente grande é isso.

Então, não pegava no instrumento.

Afinação da arte de ouvir

Uma tarde, já boca da noite, a gente num alpendre da Lapa-de-cima e a primeira estrela da tarde espetou aquele céu. Pedi com os olhos para que ela me desse sorte. Os homens tocaram um número, ganharam uns aplausos e foram para a sala beber. Muita gente na roda e na assistência. Descansaram os pinhos no sofá. Deviam estar servindo café, devia haver bolo. Havia o retinir de xícaras, colheres, alguma voz feminina. Mas eu estava de olhos firmes naquilo.

Espiei. Não vinha ninguém. Peguei o cavaco e o encostei ao peito. Dedilhando brando, brando, a palheta para baixo e para cima, apertada nos dois dedos da mão direita. Brando.

Papai, chegado sem que eu o visse, me pilhou, fala curta:

– Ah, gosta de tocar.

Um frio nos joelhos de fora, que a calça curta não cobria. Pousei o bandolim, num arrepio. Tinha na cravelha, balangando na fita de cetim, vermelha e brilhante, uma miniatura de chupeta, lembrança dos parceiros. Um som que eu tirara, furtivo, ficou na sala. Houve um medo. E, diaba de primeira estrela da tarde que em nada me adiantou. Ele teria percebido que não treinara mais a *Marcha turca* e o *Apanhei-te, cavaquinho*? Que, por último, eu nem relava no bandolim?

O pai fez uns olhos pretos, miúdos, certeiros.

– É mais difícil ouvir do que tocar.

Boca de mocó

Nunca descobrisse.

Também daquela vez me ralei, me curti e me calei.

Não haveria tempo quente em casa.

Santa ignorância

De comum, seu ensino me batia de modo curto e pontudo:

– As mulheres são criaturas do sexo feminino.

Vivo, falador, atiçado. Isso, com o bandolim contra o peito. Fora das rodas do chorinho, descaía, amuava para dentro de si. Então, sério como um sapato.

E não perdia a linha, homem de poucas falas. Difícil alguém desentranhar ou pilhar, ao acaso, ainda que de passagem, opinião sua. Quem o buscasse, atirando um lero para colher coisa concreta, sairia de mãos abanando. Tempo e tempo, ouvia quieto, medidor. Uma ruga na testa e ironia desconfiada, parada nos olhos. No canto da boca fechada. Prosa não interessando, se aquietava mais. Aquela conversa fiada o punha abespinhado. Ou calmo? Sei lá. Parecia mais de explodir por dentro. Avançava e não abria a guarda. Aí, o freguês vacilava, pejado, tropeçando, perdia a margem de manobra, vacilão. Desencorajado, desguiava. Papai, nenhuma palavra, plantado, teimosamente. Mas em posição de cobrança.

Que marra! E ninguém lhe aventurava uma liberdade. Firme, atarracado, boca presa. Nos romances de Torga, mais tarde, e só com os pedreiros de Vasco Pratolini, eu saberia de gente com igual espessura de munheca. E de caráter assim.

– As mulheres são criaturas do sexo feminino.

As mulheres encaravam espetos dificultosos. Comiam feijão com arroz requentado no banho-maria das marmitas levadas de casa. E não se cuidavam. Operárias, quase todas. Trabalhando brabo, camelavam feito homens na salamaria, na lataria, nos empacotamentos ou nas expedições dos frigoríficos, na funilaria ou na litografia das refinarias de óleo. Salário mínimo. E, corridas, agüentavam fortes, rápidas e se afobando, o serviço de casa. Faziam a marmita, feijão com arroz, uma carninha ou um ovo, uma verdura, uma mistura, na noite anterior. Saíam para a fábrica antes do sol. Enfeiavam cedo, prejudicadas, banhudas e sem cintura. Afobadas e sem ginga. As fecundas, com o tempo e o casamento, abandonavam o trabalho das fábricas. Desandavam numa gravidez repetida, a cada ano. Arrastavam aí, barrigas quebradas de tanto parir. Criança no colo, outra a caminho. O mulherio mais gordo que magro, mais despachado que elegante. Barulhento, enfezado, raivoso, quando reunido. Nada esguio e todo aferrado ao trabalho braçal. Faladoras, quiquiriquis, azoavam numa latomia irritante. Um converseiro, ladainha encruada. Fofocavam ao redor da vizinhança faladeira e, à boca pequena, trançavam seus leros, muitos, miúdos, picados e nunca diversos. Renitentes afobações domésticas orbitavam um dia-a-dia enfadonho. Queimavam tempo mexericando, pinimbavam intrigas, engordavam lamúrias, fuxicavam namoricos e fiscalizavam os desregramentos. Enérgicas no juízo das pessoas que extrapolassem, ainda que pouco, firmavam a idéia imóvel que faziam sobre gente direita: a honra, quase sempre, se localizava no meio das pernas. Umas leoas com os filhos e netos. Donas, zelosas, intransigentes. E viravam-se ferozes, cruéis, amargas na investigação desnecessária e na crítica carrancuda da vida alheia. Homens tinham os botequins e o futebol de domingo. Elas, nem isso.

Não lhes dava trela, silencioso e cordato. Por dentro, ia se moendo, aporrinhado com aquelas misérias. De comum, perpassado, aturava o falatório. Fazia não ouvir. Raro em raro, estourava. Aí, se entornava de todo e disparava com um:

– Santa ignorância!

Aí, se escarrapachava, taxava, desoprimia, amassava. Saía do sério. Nos olhos, na boca, uma ojeriza que o enchia. Um aborrecimento grosso de quem não suporta mais:

– São todas umas catarinas, pafúncias e hermengardas.

Com elas não se facilitasse, não.

Não havia raiva. Mas um sentimento descoroçoado, sim. Não sei, sentimento quieto, nojo ou semelhante à aceitação da fatalidade. Sofria, e bem, enfiado naquele ambiente.

– As mulheres são criaturas do sexo feminino.

Provavelmente tencionasse abrir outras coisas. Por exemplo, nem se bulisse com elas, apesar de.

Plantão

Mas você me sorri, mulher, e a vida vive.

Imprescindível

Era a roda se formar, o assunto dava em futebol ou nelas. Os machos remoçavam das canseiras da vida e uma alegria nova corria. Descarregavam, gingavam, expandiam, desataviados. Desoprimiam. Os mais moços apetrechavam exaltações exageradas, onde o que de melhor se ouvia, o mais, bandalha. Ou rememoravam criaturas magníficas, fantasiando qualidades exuberantes, só imaginadas, inatingíveis. Havia pernas, havia rabos e havia peitarias multiplicando atenção. Pois. Vinham histórias, tensões; paixões sem-vergonha e sem amanhã desembocavam num crescendo. E risadas finais, em coro. Largadas. À toa-à toa, se exclamava e se ria que ia embora. Os mais vividos queixavam-se, azucrinados, das fêmeas frias, velhas precoces. Deixavam entrever calvários. Neles, o amor, horrível, se fazia como uma solidão a dois, na madrugada, nos quartos de luz apagada. Trepar família, aquilo na zona era melhor bem; lá, havia alguma alegria. Policiado, incompleto, apalpando carnes no escuro, respeitoso como falso, lateral, procurado não encontrado, abrangido talvez pleno só pelo gemido e arfar do macho. Pouco mais que masturbação, esfregação faminta na carne de outro corpo. Também isso, na prosa, triste no princípio, desandava em galhofa. Uma chacota sinistra. Já a descrição grotesca dos pormenores desmoralizavam o drama. Então, se deformavam, disparando para tretas de sogras. Viravam caricatura azeda, feiosa, desengonço. Para uns, a sogra comia como um tigre. Outros, trocariam a mulher de trinta por duas de quinze. Papai, ouvindo. Uma humildade sem barulho.

A prosa jogada fora, ao pé de cachaça e de outros copos, gandaiava boca em boca, percorria dramalhões e caía escorrendo de ordinário, para casos de corneação. Daí, de pronto, a zona. E os leros desembestavam. Pintavam, assim, apelidos grotescos no pedaço, bravatas com a polícia, parolagem, charlas e fantasias em que entravam alcoviteiras misteriosas, de fama, e cafetinas descaradas, desapiedadas. Algumas, piranhas afiadas, secretamente arranjavam meninas novinhas para os mais sabidos ou endinheirados. Nesse tanto, contavam-se vantagens, arrotavam-se grandezas. Habilidades na cama. E se ia.

O pai ouve. Nada de chegar sua vez de dizer.

Então, um dia, se deu aquilo.

Falaram. Refalaram. Até que algum, do mais afoito, vem que apalpa e lhe toma o pulso. Vem outro. Mais um atiça. Insistem, rebeliscam, a patota cobra-lhe uma opinião. Próprio nos jeitos, papai olha o bando. E fala devagar, diz baixo. Larga para os sacanetas:

– O que dói não é dar dinheiro às putas. É elas nos chamarem de meu bem.

As risadas pararam nas caras. Uns tipos bobeavam, apanhados. Mas a prosa, aí encabulou.

Ou noutras vezes, chamado a falar, despejava rente, como quem não quisesse nada. Um machucho que não se importava com o que pudessem pensar. Entendessem ou não. E, tanto se lhe dava se o tomariam por tímido ou babaquara. Debulhava mais para ele do que para os outros. Estava limpo. Alguma coisa íntima, arranhando lá dentro, considerada muito tempo antes de lhe vir à boca, represada nas noites, remoída, remexida, ida e vinda. Pensada e tamanha. Uma consideração:

– Mulher é imprescindível.

Rixa, birra, gana

Desses ensinos, outro me ficou, bulindo, cedo – um homem que não sabe brincar vai morto no mundo. E, como não brincava no bandolim, dei para outro arremedo. Caí para as escritas.

Melhor, pior? Haverei de saber. Sei, é diferente.

Mas musical a todo momento, daquele tempo me permito duas tiradas de algum efeito, refletindo os ambientes que vi. Diria em tom palavroso. Se a rua é escola, o botequim é universidade. E na igreja é que ninguém aprende essas coisas. A segunda tirada é que atocharam todos os boicotes para cima da nossa música mais rica, o choro. Entra aqui, por cabimento, a tal viagem, embora à pressa e a serviço, uma empresa pagando, estirada a Nova

Orleans. É um gênero forte, de improvisação mais farta que o *jazz*. Cordas, percussão, metais, sopro, diálogo de pinhos, quando o acompanhamento é mais, é contracanto e nova melodia nascendo improvisada a cada nova interpretação, o choro.

Sobrevive e resiste. Dolente, espevitado, raçudo, sestroso, nobre e fibroso, sem-vergonha, nervoso como a tiririca. Arrancado do mundo do disco, das rádios, das gravadoras, expatriado no seu próprio país. Omitido, jogado ao esquecimento por mãos ditas oficiais, se mete pelos buracos suburbanos mais encafuados e escondidos. Deixa vir todas as ondas estrangeiras de ocupação musical, *swings*, *rocks*, mambos, *souls*. Deixá-las correrem frouxas, à vontade e bem. Tudo é trô-lô-ló. Nuvem passageira, mixurucagem. Que o tempo desgasta, esvazia e transforma em carne de vaca. De repente, arteiro, ele ressurge. Vem com tudo, insistente e espalhado, matreiro, desacatando, azucrinando como a tiririca. Não adiantou o pouco caso, o gelo com que a televisão o destratou. Onde esteve, por onde andou, esse tempo todo? Amoitado, nas rodas distantes dos chorões anônimos, enfiou-se pelos longes, nos subúrbios onde o judas perdeu as botas. Brigou nas derrubadas, como cobra criada. Mestiço, brejeiro, amante, louco, cabriola arisco e fujão. Desconcertante, ele fica. Vão lá. Façam um mapa dos subúrbios. Lá está o choro, plantado, se alastrando nas rodas pobres dos domingos, feriados e dias santos de guarda, quilombado, longe dos patrões. E dos patrões dos patrões. Levado pela mão dos amadores, machuchos, teimosos e dissimulados. Tocado e ouvido. O esquecimento que impuseram aos mestres, intérpretes e compositores, carrega em vez de esfriar e dá forças aos amadores, sem nome nos jornais, na tevê, nas revistas, nas capas de discos, nessa merdalhada toda.

Eles têm rixa e gana, birrentos, orgulhosos na humildade e persistem, como se carregassem sozinhos os trens nas costas. E, como se isso fosse sem quê, sem pra quê.

É. Mas eles sabem.

O coração na mão

Dezesseis anos. Meus sapatos levam meia-sola, como no engasga-gato ou de marmita, arrasto uma vidinha chué. Arrumo namoradas e não tenho o do cinema. O estudo é à noite; o trabalho, de dia. Ando de ônibus e, muita vez, a pé. À noite, vou sonado e saído das aulas em que me impõem ciências físicas e naturais, latim, história da civilização e história do Brasil, inglês, francês, português, desenho, canto orfeônico, geografia do Brasil e geografia geral, matemática e uma fricoteira a exigir paciência vasta. Trabalhos manuais. As mocinhas agüentam instruções sobre economia doméstica. Equilibrem calorias, proteínas, vitaminas. O colégio noturno esbarra, no entanto, na vida. Todas trabalham, não há tempo e o dinheiro é curto. Há sanduíches ou pastéis dos chineses na hora do almoço. De carne, palmito e queijo. Banhudos, encharcados e saídos do tacho escuro de óleo de amendoim, fervente, o mais ordinário, usado vezes.

Tempo de saias. De raro em raro, mulher veste calças compridas. Os olhos nas pernas nuas, compridamente, de quem sem meias vai para o trabalho. Muita vez, em solidão, sonho com elas na cama de solteiro e me aferro. Masturbação no meu quarto da rua dos Botocudos, Vila Anastácio, a casa de duas águas na rua de terra.

Uma vez e uma só por semana, o recolhimento municipal do lixo. Há fartum da refinaria de óleo, das fábricas de maisena, das fundições, dos fósforos da Fiat Lux, do Frigorífico Armour do Brasil, das serrarias, dos esgotos que desembocam e correm, grossos, pelo rio Tietê, águas espessas, escuras, encalacradas de entulhos e arruinadas pelo óleo e pelas imundícies. Correm lerdas, pesadas. O rio fedido, a que atiram o nome indígena, é o maior esgoto da cidade.

Nas ruas, monturos proliferam moscas, ratos e insetos ruins. Que saem à noite com os pernilongos dos seus escondidos. E espetam, azucrinam os ouvidos, fazem ferver os nervos. Azoam. Algumas calçadas recobertas de massa escura e pegajosa, que fede, pregando-se aos sapatos e desconfiamos seja borra de sabão roubada da refinaria.

Vou indo, indo, procurando. Sozinho encontro, depois de pegar e juntar, no quieto, pedaços de conversa de companheiros na fábrica. Zona da rua Itaboca e dos Aimorés, único canto da cidade que não briga comigo e até para beber uma cerveja envieso para lá.

Não há, sei lá, nada para doer quanto o passado.

O coração na mão. A medo e ressabiado. Sem idade e sem condições, driblando as farejadas e olhadelas das polícias, de guanacos, de civis, de militares, de secretas, de cabeças-de-penico, me enfio pelo bordel, que para mim é mulher e acaba sendo mais que mulher. A mesa de pano verde, o salão, o barbeiro, o posto de preventivos, o bar do Burruga, a malandrecagem se mexendo, esguia, magra, que desliza entre o *U* que as duas ruas formam, pois se encontram lá no final – Itaboca e dos Aimorés. Onde a vida é um alegrão e se fica sabendo das coisinhas, dissimulações, arrepios, trampolinagens, falsetas, armações. E das façanhas, da boataria na gíria brava e enrustida, do mulherio que pode nos dar ou tomar neste mundão de vida dividida entre otários e malandros.

Tem a lida da fábrica e da escola, dois sofrimentos. Ônibus na ida na volta, lotado, feio, difícil, onde as pessoas não se conversam nem se reconhecem, não se dão e se empurram, se atropelam, estalando os beiços, beijando o santo, soltando pragas para cima da vida. Na volta, desço na rua de terra. Com o ônibus em movimento salto andando, inda que na curva. Engulo conhaque, Otard Dupuis, nacional, depois sumido dos botequins.

Onze e meia da noite. Vou ficar ali no bar do Tico até uma da manhã, jogar sinuca, falar de mulher, campanar coisas, chavecos, ouvir os mais velhos. De cedo, sacado, aprendi – ouvir os veteranos. Amanhã, tonto, sonado, vou que vou largado. Tropeço nas ruas infestadas de cachorros mal lambidos, sem dono ou despelados, dou com moleques moncosos e de pé no chão. Água poluída se acumula, se empoça e fede nas beiradas.

E toco a me virar na vida.

Estafeta, ganho salário mínimo de menor na Anderson Clayton, refinaria de óleo dos americanos, sou chamado de *office-boy*. E obedeço. Aturo chefões estrangeiros, importantes, americanos e limpos, gordos, mandões, charutos no bico. Os chefes brasileiros fumam cigarros sem filtro e são aduladores ativos e rápidos. Acompanham-me os atrasos, falhas grandes e pequenas.

O livro de ponto.

– Quem chegar atrasado assina em vermelho.

O chefe do pessoal, tipo baixote, tem nome espanholado e capa branca, barrigudo, pendura na cara um bigode de centopéia. Uma lesma, a lesma. E os desenhistas, única gente do escritório com quem me dou, engendra uma justiça.

Eficiente, é. Terá, por isso, obrigação de cuidar do gramado. Toda graminha que nascer com atraso será pintada de vermelho.

Essa entabulação fantástica vira boato, corre boca em boca, chega ao pé do ouvido do gerente que se põe fulo, soca a mesa, quer a cabeça do insolente. Manda caçar e não apura o autor. Escondido, a gente ri.

Uns lambões de caçarola, diz o avô, Virgínio, vigia do Frigorífico Armour do Brasil, há vinte e tantos anos no batente.

Poucos conhecem este chão, estes cimentados e paralelepípedos das alamedas internas. Eu viro e mexo. Conheço-os melhor que o gerente geral. Sei-lhes o cheiro. Do escritório à funilaria, do tratamento de oxigênio à litografia-transporte, esta fábrica eu ando e ando e ando, quilômetros e magro, capa branca irrepreensível, asseado e cordato, quatro iniciais pretas no bolso externo de funcionário do escritório.

Convivo, me entendo, charlo com tudo quanto é pintor, funileiro, homem da sacaria e do transporte, pedreiro, almoxarife, guarda, apontador, ajudante, operário sem nenhuma qualificação, maioria salário mínimo, fresador, mecânico, motorista, caldeireiro e quando venho lá longe, muito papel dentro da pasta-sanfona, o pessoal se vira e me conhece o nome. Operário não é funcionário do escritório e, logo, me chama pelo prenome. Os do escritório pegaram manias com os gringos mandões. Uma é tratar pelo sobrenome.

Lambança. Tipos insuportáveis, limpinhos, óculos, escanhoados e solertes, no escritório me aborrecem. Para mim, uns ensebados. Mexem-se aos passinhos sovinas, que morrinhas até para andar fazem pose de chefe, me dão gana. Capas brancas. Não estão nessa camorra os desenhistas, faladores, gravatas desabotoadas, cantando e assobiando em expediente, alegres, loucos, largados.

Armam. Uns arreliados, aprontam gozações. Queimam horas, com paciência, engendrando sacanagem. Gozam os outros, a parentada dos outros. Depois, metem no fogo a própria família, sapecam a mãe. Por último, cansados, gozam a si mesmos. Por isso, eu lhes tenho amizade.

Dádiva

Você, mulher, nem sabe a poesia que tem.

Eu a trabalhei nos escuros da estação de Domigos de Moraes, a bolina foi de encontro a uma árvore que a iluminação cobria mal. Grudados, atracados, esfregando-se e resfolegando, uma lua no céu. Branqueava cá embaixo. Crioula, polpuda, lastreada de corpo e bem, eu a arrastei para o meu quarto, na marca das duas da manhã. Ou isso. De pé, eu ficava menor que ela. Mas a cama estreita, de solteiro, nos igualou o tamanho. Aquilo havia de ser sem gemido para ninguém notar no sono do meio da noite. Se um cão latia lá fora, a gente sentia medo. Parávamos, olhos arregalados.

Depois, nos engalfinhávamos mais. Eu a abria por completo, inteiriça e flor, mulher. Eu a entrava sob a pressão das espáduas e dos joelhos, a cavalgava o que sabia, e tudo, e tinhoso num controle, boca, respiro, pensamento manhoso, consegui. Juntos, no gozo.

Senti mergulhar de cabeça para o centro da terra. Houve, quase urrado, um "me rasga" e, depois, já brando, o arfar profundo como um agradecimento, no ouvido, mansamente, que vinha com um beijo no meu pescoço.

– Filho-da-puta!

Que me correu o corpo todo, prêmio, dádiva, o maior elogio já ouvido nesta vida.

Íamos dormindo, um dentro do outro. Mas a sacudi:

– Mora, amanhã é dia.

Ninguém acordasse. A mulher se mandou, escapulindo na madrugada, lua lá no alto. Na pressa, deixa cair o pó Lady – ninguém pronuncia *lêide*, diz *ladí* – e o assoalho embranquece em extensão. O resto da noite, o espanador na mão, tentando vassourar aquilo. Um pensamento não me veio. Disfarçando o pó, ficaria o perfume.

Na manhã, o pai notou. Mas saiu para o bar, nenhuma fala. Um silêncio de bofetada.

Bem. O pai tem um bar na rua Conselheiro Ribas, deu-me categoria de adulto aos treze anos, botou-me a chave da casa na mão. Aos meus quinze, deu para me ensinar a dirigir o jipe. Abespinhado e orientado aos trambolhões, esquentava-me a cabeça. Um esporro que assustava. Eu só sabia fumar escondido, jogar sinuca (ele dizia bilhar), beber, aprontar, cranear o que não devia. E nota baixa no boletim. Mordendo beiço, meu pai ao lado, ia aporrinhado no volante. Desgovernei o jipe num muro de Vila dos Remédios.

Gente do erro

Dona Nair. Arremedo o meu avô e a chamo de Dona Nair. Tem olhos azuis, cabelos crespos aloirados, é feminina até para subir um degrau ou pedir um copo de água. Esconde os meus deslizes, presepadas e armações. Esconde mais que a noite. É avó.

Ela vive sem guerra. Mas, mulher, quando em quando está

atacada. Acorda já aprontando uma briga com o primeiro que vê. Aí, crise. Até o neto não lhe escapa da língua. Solta-lhe os burros, expande, dá espetáculo. Uma cobra jararaca, diz meu avô, numa risada escarrapachada, que vai que vai embora num deboche.

Aliviada, volta a compor uns olhos azuis, as rugas da testa se acalmam. Daqui a pouco está rindo, entretida e sarará. É dona Nair, a que ri e cantarola, feminina até para tomar um copo de água.

Sou um sonso, dos malhados. Nem a ela engano – dos que perdem o pêlo, mas o vício não perdem. Vigia-me os lances e me pega de quina. Geniosa, os nervos fervem de novo, a veia do pescoço incha, azul, perigosa. Derrapo repetidamente, e ela, me flagra; dobra as mãos na cintura e lacra:

– Malandrando os seus dias. Você só vive com essa gente do erro. Sujeitinho.

Passo, escabriado, a pedalar na magrela, amorosamente; é a bicicleta Calói, meia corrida, companheira. Pequena, princesa, magrela. E vou mais atiçado, alegre como um moleque. Atravesso, de enfiada, capeta, trim-trim, São Paulo todinho, pego rabeira nos bondes que saem da Lapa para o centro da cidade, trim-trim, uma volada chispando nas manhãs de domingo, varando Vila Anastácio, Lapa, Água Branca, Perdizes, Santa Cecília, Centro. Pego a avenida Nove de Julho, o Paraíso, flecho até Moema. De um lado a outro da cidade pedalando a minha magrela, chispa, trim-trim, firme envergo o lombo do selim para o cano, ganho, são duas horas voadas no selim, a redação do jornalzinho infanto-juvenil, num quartinho de fundos de uma casa em Moema, na avenida Juriti, onde começo a escrever. Ou antes, a exortar, em patriotadas, a elevação das honras de heróis no fragor de batalhas que nem entendo. Mas imagino.

– Malandrando os seus dias.

Disso caí para as escritas. Destrambelhei-me no gosto pelas palavras e que me lembre, havia uma, lá longe, nos tempos em que lia gibi, minha primeira criação: *mononstro*. Numa historiada de Mandrake ou Brucutu havia um monstro de tal modo horripilante, que nem era monstro só. Era *mononstro* e nem houve sabedoria que emagrecesse ou esfriasse a minha nova palavra.

O redator-chefe da revistinha, gaúcho de São Sepé e me premiava as colaborações com livros, sem dúvida, de qualidades magníficas. Eu podia imaginar uma porção de coisas boas ou pressentidas como a vida do escravo tartamudo Esopo, sua inteligência e picardia, a inclinação para a justiça e a luta pela liberdade. Minha comoção o acompanhou, fabulista, escravo, trácio ou frígio, até que o jogavam num abismo.

Anda que até aqui pouco falei em sinuca. O joguinho, o joguinho ladrão. Espiando maroteiras no bar do Tico, bebendo misturas, ouvindo casos, um dia. Um é o primeiro. Nos fundos, havia duas mesas de sinuca e depois, em noite alta, a conversa continuava lá. Uma vez, catei o taco. Sem acreditar que viciasse.

Nisso de pano verde, mesa, bigorna, salão, boca do inferno,

costumo dizer que a natureza, dadivosa, me deu esta cara de otário. Ou antes, de homem do povo. Habilidade pouca, mas jogueiro, beliscando nos ambientes do joguinho, olheiro e apostador. Que até para uma cerveja, eu procurava o salão.

Mais ensino

Meu pai tem a frase seca, que mal e mal vou ao fundo:

– A idade faz velhos não faz sábios.

Sete mungangas

Que idade é a minha, metido de cabeça nas bocas do inferno? Parece-me que tenho uma das mais puras bossas para a malandragem, entre as muitas que vi. Mas nunca vi ninguém com tanta vocação de otário.

Logo, minha vida é um trapézio. Mas a minha responsabilidade é grande – eu não tenho rede que amenize minhas quedas.

Já a crioula que carreei para dentro do meu quarto era de polpa. E dessas trampolinagens me encheram os gringos bêbados, vermelhões ou branquelos, do subúrbio da Vila Anastácio. Os emigrantes húngaros que a gente dizia hungareses, os poloneses (polacos), os lituanos, os russos, os portugueses que xingávamos burrugas e um que outro espanhol, espanhóis ferro-velho.

Tudo gente de sonho caído, chegada aqui com fantasias na cabeça, mas uma mão na frente e outra atrás. E aqui batida pela vida, amassando o barro e comendo o pó das ruas da vila.

Peguei o vício na zona. Ali entendo, pouco rodeio, jogo se aprende perdendo dinheiro, tempo, sola de sapato em volta da mesa, sono. O mais é fricote, leite de pato, passatempo, embromação de gente família e desocupada, distração. Mais se apanha de um malandreco, mais se pega os efeitos, as tabelas, as combinações, a visão da mesa. Se se perde – se perde no perde-e-ganha – já se aprende a bater. Nenhum ensino baixa e se fixa por sorte. Sabe das coisinhas da façanha quem joga o dinheiro da comida. O resto é embeleco. O bom taco, antes disso, já é um olheiro de jogo. Necessário pendurar o chapéu onde a mão alcance. Só a fome ensina.

Uma casa quase trepada na outra. Ali pelas beiradas dos trilhos dos trens da Sorocabana, o casario apequenado e imundo, um e outro barracão de madeira no meio da alvenaria. Um grupo escolar, nenhum posto médico, pouco telefone, vendolas, quitandas pingadas, alguma padaria, uma igreja de padre húngaro e muito desejo, amores atravessados, rompantes de macheza, molecadinha tremelicando friorenta e miúda de pés no chão, murro semana brava nas fábricas. Maisena, fósforos, frigoríficos, fundições da Sofunge, serrarias, Anderson Clayton. Muito botequim. A vila, de pobre e de tristeza, nem campinho de futebol tem.

E bebemos à noite nas bibocas, porres aos domingos, feriados e dias santos de guarda. À noite, de comum, entornamos, jogamos sinuca, falamos de futebol, mulher, ou tocamos para o cinema, na Lapa, que Vila Anastácio também cinema não tem. Os certinhos vão aos namoros. Os apertados pelos pais, à escola noturna.

Dei-me com a cambada, recordista na categoria consumidora de cachaça nos subúrbios paulistas. Deu no jornal. Não deu que, no inverno a umidade nos entrava nos ossos e nos doía. Gente abandonada, sem eira nem beira, e deixada pra lá, morria de frio nas ruas, amanhecendo dura. Manhãs de domingo, antes da missa do padre húngaro, a praça parece um fim de guerra – bêbados derreados, batidos e sonando feito pedras nas portas dos botecos. Gente feia e largada no chão; operários de vida suada, na semana.

Meu avô, da pele azeitonada, mulato dobrado do Rio e Virgínio, filho de baianos, é cismado como um mameluco, é difícil de rir; não compra fiado meio quilo de cebola ou uma cabeça de alho, não põe uma gota de álcool na boca e não se dá com aquele frege e com aquela devastação. Antes, me diz:

– A bebida dá de sete maneiras, fora as mungangas.

A gente se adora. E ele, querendo agradar, me chama de batuta. Aquilo, sim, era açúcar. Mas, aluado, agito e arrepio; eu ouço os seus bons conselhos?

Nada. Gosto da rua.

Cadelo

Mais tarde, eu leria nos romances, nos contos e no teatro de Gorki que bebíamos por desespero.

De primeiro, a estrangeirada tatamba no falar, zoneando nos botecos, tomando empurrões de bebidas e queimando o pé no fecha-nunca e no toda-hora, muquinfos e bocas que abriam as portas e dificilmente as fechavam, me passou palavrões em húngaro. Curioso e sacado, aprendi e fui bamba.

Palavrada infamante, misturando sexo de cavalo e porco, tudo para cima da mãe de quem ouvisse. Derrubavam cachaça, traçados, batidas, misturações, farmácias, caipirinhas, sambas-em-Berlim, conhaque e *borótskó pólinkó*. Magiar, a aguardente de pêssego, açucarada, me deu porres consideráveis.

Por último, me atiçavam para as mulheres:

– Isso aí é só para sujar a cueca?

A cortada rente:

– Nada. Vou dar pra tua mãe.

Uma noite, na sinuca, única do lugar, bar do Tico, fechei o salão. Vindo da escola, pulado do ônibus, calibrei bebida no balcão, encostei o umbigo na roda do vinte-e-um.

As coloridas passeando na mesa. A lâmpada caía no centro do pano verde, as bolas ecoavam, não se ouvia um nada de lá fora. O Juizado de Menores baixou, arrepiando, me querendo os documentos e eu tinha só Alistamento Militar. Não carrego Carteira de Trabalho. Pegaram-me com as duas mãos no taco.

Os homens bem vestidos, investigadores, ternos brilhantes, asseio, brilhantina nos cabelos, mãos manicuradas, sapatos polidos. Fui dizendo que trabalhava na refinaria de óleo. Mandaram-me andar. E me correram:

–Você que volte aqui e a gente te esfria.

Levei nome de cadelo. Mas na manhã, minha coragem vira boato na boca das turmas. Sou comentado e engrandecido – vou limpo; não me borrei, medroso, à chegada da polícia. Homem. Mas quem pagou foi o dono do bar. Os homens da justa lhe recolheram as bolas, trancaram as mesas, cataram o alvará, meteram-lhe multa de seiscentos cruzeiros.

O diz-que-diz bandeou tudo para o pé das orelhas do velho.

Os dois na mesa. Fechou o punho, crispou a cara quadrada, puxou um suspiro de boca fechada. Devia sofrer, devia andar cansado – e bem. Minhas derrapagens desandavam em repetição. Todo santo dia, pintando má notícia.

–Você tem todos os vícios que eu conheço e até os que eu não conheço.

Falou baixo e era como se urrasse. Pesava um azedume. Havia uma barreira, sei lá, uma diferença me arranhava o peito e me tangia. Por que eu agredia e agredia, sonso ou de cara, aquele homem? Um nada deste mundo e estávamos enfarruscados.

Estamos bem sós, eu percebo. Um estrago. Ele, vindo de mau negócio, rebordosa com uns sócios que o roubavam. Soprava um vento contrário naquela vida.

Sós, na mesa. E atirei:

– Ora, eu não sou tão genial assim.

Não se buliu, não me chapoletou a cara. Recolheu a hostilidade, a testa enrugou-se e os olhos pequenos brilharam, antes de baixarem. Pendeu a cabeça para o prato e comeu até o último. Eu também sofria com aquilo e não podia dizer que me sentisse satisfeito. Mas arrostá-lo, encará-lo, me dava força. Aí, deu-me o golpe e me entravou:

– Eu já lhe dei categoria de adulto.

Mais brasileiro que eu. Que vinte fedelhos da minha marca. Ganhou, em menino, o gosto pelos chorinhos e pelas serestas e no caminho de seus anos todos, com sacrifício, fiel ao bandolim, ao cavaquinho, ao violão, às rodas dos chorões suburbanos. Se a seleção jogava contra Portugal, torcia, abespinhado e incandescente, pelo Brasil. Portugal ganhava, ele emburrava; se puxavam conversa, brigava. Na casa dos quarenta, ia gramando ruço na vida, ele e mamãe. O transmontano aqui chegado, uma mão na frente e outra atrás, aos trinta e poucos dias de idade, nascido em águas portuguesas de Macedo de Cavalheiros, trabalhador das padarias, empurrando vagonetas nos aterros e nos portos de areia do Tietê, operário de frigorífico, depois com economias estabelecido em negócio miúdo de secos e molhados.

Pula de uma mercearia nos cafundós de Vila Jaguara, chega a sócio de uma pedreira em Pirituba, tem setenta homens trabalhando e dois sócios safados. Provavelmente sonhasse, emigrante, com exportação e negócios internacionais, raspando de perto a riqueza. Inda agora não entendo onde foi buscar cabeça fria que não enfiou uma bala nos dois.

Estava rodado. Cavou de novo, corpo-a-corpo com a vida, com os dedos, com as unhas, minha mãe ao lado depois da porrada. Catando e catando e catando algum equilíbrio com um botequim na rua Conselheiro Ribas, chamado por ironia *Gambrinus* no meio das misérias de Vila Anastácio. Onde só havia sapos e tartarugas, conforme a humilhavam os moradores da Lapa, folgados e limpinhos, lambuzados das importâncias. O pai pelejava e se batia, os nervos estalavam. Mamãe sofria e ia pra luta, se botava ao lado dele, dentro do balcão. Ali, mexendo-se como formiguinhas insistentes, aturando bêbados, gringos e ralados pelos credores, os dois começavam a envelhecer.

Eu entendia, e não, essas dores, que pensava nas minhas.

Vamos dizer. Entendia que, nos filmes, uma mulher rica e burguesa, com as comodidades aos pés, chorasse. Tédio, nojo ou escárnio. Entendia. Só não me cabia no juízo que mamãe, cozinhando, se fanando sem empregadas na lida da casa, ajudando no bar e lavando roupa no tanque – depois daquela pilha viria outra pilha e outra – encontrasse jeito de, às vezes, baixinho e desafinado, cantarolar.

Paulo Melado do Chapéu de Mangueira Serralha

De comum, as coisas minhas atropelavam-se, precipitavam-se com mulher no epicentro.

Soldado, um fiasco. Lá no Paraíso, outro canto da cidade, dois ônibus todos os dias, um dinheirão só de passagem. Minha mãe tenta me resguardar e, no quieto, me atravessa uns trocados. O soldado número 178 da terceira companhia de infantaria toma cadeia, toma pernoite, dá alterações, repete por castigo cangurus e exercícios físicos puxados, tropica na ordem unida, é julgado incapaz na ginástica de cordas. Possivelmente nunca se viu tamanha falta de jeito nem relapsia renitente para as artes militares.

Um dia, o capitão-comandante gritou na tarde, como se fosse para todo o Paraíso ouvir:

– Esse recruta é encruado e parece que vai ser paisano o tempo todo!

Fui.

Deixo a farda, debando daqueles lados do Paraíso, volto mais sério e magro para o serviço na refinaria. Com o certificado de reservista e um pouco de datilografia, arrumo emprego no Frigorífico Armour do Brasil, lado de lá das margens do Tietê, onde passo a tipar cheques e relatórios no departamento de compras. Ainda salário mínimo. Dou para o judô nos fins de semana e me sobra tempo. Enfio-me com livros e me meto em escola normal noturna, já que não tenho vocação para nada.

Aí, levo uma sorte. Lendo as revistas cariocas, me pego de curiosidade por um homem que, entrevistado, desconhece o número do sapato, do colarinho, dos ternos que tem ou não. Adora cachorros, escreve e reescreve algumas vezes um texto, teima em cima do papel, fuma muito e Selma, toma cadeias sérias, se diz ateu. Graciliano Ramos.

Apanhei, seco e fascinante, primeiro o *Caetés*; depois *Vidas secas*, na biblioteca circulante da Lapa. Difícil falar desse mergulho. Estava mordido. Um pensamento me ficou cortando, líquido, certo, irrecorrível. Quase fatídico. Eu iria envelhecer, azedamente, como um escriturário da Armour, gravata, camisa social branca, passos miúdos e pesadão, pouco empertigado, alguma mulher doméstica. E uns filhos medíocres, metidos no colégio da Lapa.

O tamanho do homem era outro, acordava-me consciências, revolvia. Uma curiosidade me bulia, a mim, que fazia tudo pela conta de achar e, sozinho, cacei a zona. Por Graciliano, que me intrigava – onde e com quem aquele teria aprendido a escrever com aquela garra e sentido? – desemboquei nos clássicos, nos portugueses, e convivi com a chamada literatura de homem – Gorki, Jack London, Hemingway, Steinbeck, Zola.

Um amor pela poesia começa. E eu me viajo, alta noite, dizendo trechos em voz alta, no quartinho descascado da casa de duas águas, na rua de terra, rua dos Botocudos.

Amassava o barro de Vila Anastácio e lia os clássicos. Comia o pó das ruas de terra preta e me tranquejava com Eça, Fialho,

Ramalho Ortigão. E me atraíam mais, os padres Vieira, Bernardes. Gente fundamentada.

O texto de fundação, argamassa, firme-firme, farta amarração, frase batendo com malícia, mostrando e escondendo, driblando, batendo, rebatendo, técnica, rebanho, som e eco, contingente de harmonia, arquitetura, economia, picardia, calmaria e falseio, plenos valimentos, desenho, música de cravo e viola, ir e vir com exatidão, contexto e vôo de pássaro que nunca vi – cotovia. Propriedade.

Não tendo com quem falar sobre o que lia. Não tendo uma escola que me interessasse. Acabei na Liberdade, vi as mulheres, a pintura, judô, saquê, gravura, fotografia, música. Nessa coisa de música me apeguei, viciado. Húngaros do *Pentecostes rubro* e das *Três melancias*, em Vila Anastácio; o sopro e as cordas dramáticas do Japão, na Liberdade; ou fosse o que fosse música – árabes, espanhóis, caipiras, judeus, negros, russos. Eu me tocava mordido, impregnado. Só exigia talento, que aprendi a ouvir em rodas de chorões. Nada desafinasse. Nasceu-me, rasgando, o amor por Noel, Araci, Ciro, Ismael. E nem havia ouvido falar ainda em Cartola, Nelson Cavaquinho, Carlos Cachaça.

Assim tocado pela Liberdade, digo que percorri milimetricamente aqueles lados, paralelepípedos e asfalto. Vista de dentro, aninhava gente e tive uma dona. Que jogava dois olhos rasgados, bons e maus, e era mulher do amigo. Horrível, fundo e dolorido, aquilo foi comer-me a mim mesmo. Esparramada, secreta, inteiriça, ela era a vida, sim. Doía e linda.

Prestou, não prestou? Não é mais hora de saber.

Deu um conto, como algumas mulheres dão samba. Deu. Mas lhes explico também que me deu isso como algumas mulheres dão sanatório, dão cancro ou instituto médico legal. Doeu.

Num jornal de São Paulo, já havia levantado um concurso, com um monólogo interior insuficiente a que meti o nome de *Um preso*. Agrippino Grieco preferiu esconder que nos começos foi poeta. Digo que defequei aquilo, a que chamei conto. Já o da japonesa, o primeiro, escrevi numa tarde de chuva, chorando e bem, numa escrivaninha de jacarandá, na rua dos Botocudos, debaixo do fartum de Vila Anastácio. Claro, chorando.

Um dia, vinte anos depois, o conto ainda ficava de pé, freqüentando antologias. Mas esta confissão se prestaria à fofocagem e bisbilhotice letradas, esbarraria nos requintes da crítica da moda, seria tida como um pecadilho. O fazer literário não inclui as lágrimas de um frangote suburbano em tarde chuvosa.

Hoje, diz aí alguém, crítico, que escrevo como um naturalista, um neo-não-sei-o-quê. Outro, diz que escrevo como quem mija.

Respondo, se respondo, que quem sabe de minha vida sou eu. Sei ainda quem paga as minhas despesas. Escrever me ralava e eu devia publicar aquilo. Reviro revistas, jornais, suplementos que leio, em solidão. O da japonesa empaca nas redações, não se engrena, nem se encaixa. Os editores ou as pessoas a quem me apresentam como, botam cara de guru, séria, nariz torcido. A peça entala.

Corria um tempo em que escrevia à mão e dizia o texto em voz alta. Depois, só depois, bem mais tarde é que passava à máquina, na limpeza e na pureza. Não me entrava na cabeça alguém escrever diretamente. Se aquilo era me curtir e recurtir, sofrendo e sugando como quem extrai a vida. Lambendo e brincando, uma a uma das palavras, atento, embalado, amante – do jeito, do sestro, do desenho, sonoridade, sensualidade, doçura, porrada, murro, cipoada e suor particular de cada uma das palavras. Uma, duas e cem vezes eu dizia, no quarto, voz alta. Diretamente à máquina. Onde já se viu?

Serelepada, fervura, alvoroço, tropel, catança. Recatança. Depois da nissei, o amor e não o conto, destrambelhei por uma febre, de teatro e de cinema, de bordéis e de muquinfos, de madrugadas e armações, me enfiando e saindo de empregos, amanhecendo, taco de sinuca na mão, nos cantões da Boca do Lixo, arrumando chavecos e me enxodozando por lá, jogando, amando, bebendo e levando na cabeça. De enfiada, danando a botar pra fora os vinte anos, mulherio e esbórnia, solidão, alegrões e falências secretas. Vivi.

Há um peregrinar à noite, sem rumo certo pelos últimos subúrbios, muita vez se acaba no cais de Santos, vejo morrer as tardes no morro de Presidente Altino, o morro da Geada falado, onde o Jaraguá, monte à direita, é uma mancha meio preta, meio azul, e vejo o nascimento da primeira estrela na tarde, faço madrugada, vacilo e viajo nos trens da Sorocabana e uma vez chego ao interior, arrumo uma dona num bordel chamado

Terra Vermelha, ao lado de um aeroclube, varo as noites no jogo ou andarilhando, enquanto ela faz a vida, levanta a nota na zona brava empoeirada, se deita com matutos de botas enlameadas ou poentas, para na minha volta, o dia já vem nascendo, dividir, dar —

As abelhas trabalhando no abelheiro fazem zum-zum
Quando pego no baralho faço sempre vinte-e-um.
Quem me vê aqui cantando pensará que não trabalho
Tenho os dedos calejados da viola e do baralho
Ai, ai...

tenho roupas, tarecos, bagulhos, serventias em várias casas, faço um amigo veterinário e o sigo a vacinar cães pelos subúrbios e morros, vejo morrer um galo comido por varejeiras, entalado numa pilha de lenha, orbito quilômetros ou léguas, fujo para o Rio algumas vezes, dou para a dança, brilho alguma coisa e tenho mulher num *taxi-dancing*, olho a vida da favela da Cachoeirinha na casa de um tio-avô, Otacílio, a cabeça branquinha e, ali, desando a acreditar no modo novo de cantar e viver das favelas, que é onde mais se canta no Rio, circulo como se procurasse uma claridade, aprendo a apanhar dinheiro da mão de mulher e, claro, vou ensinado por elas, há um sentido de infâmia, ternura ou horror vendo os trabalhadores do cais e a tarde morrer nos navios e no mar da sacada de um armazém nas docas. É como se dedicasse a vida a encontrar a tal claridade.

Minha mãe, chorosa, dá um nome a isso. Andaço.

Um capítulo, o teatro que estudei no Arena, me enfiando numa barra querida, onde era mestre Kusnet e muitos outros pontificavam ou começavam a existir. Outro, o cinema da cinemateca do Ibirapuera e os ciclos sueco, indiano, polonês, russo, italiano.

Mais que esbórnia, mixórdia enlouquecida. Chave de bordel da rua Aurora num bolso, programa de teatro no outro. Uma nota de cem não sabia onde botar – num páreo de Cidade Jardim, num livro que valesse ou entre as pernas de uma mulata.

Na vida e no vidão me fisgavam os contos. Aquilo me parecia ter nascido em mim muito antes de que percebesse, antes do meu nascimento. Um sentimento quente, aqui do fundo, me empurrava para ele. E tudo era ele, visceralmente. O conto. Gentes, filmes, ruas, caras, sapatos, corpos, esgares, cacoetes, franjas femininas, a linha do trem, pernas nuas, a linha da cara do meu pai, o apito do navio no cais de Santos, o gosto do conhaque, o retinir das xícaras do café do Jeca cachimbando lá em cima na avenida São João com Ipiranga, as cores das bolas na sinuca, o eco seco das bolas se encontrando, a cor, a dança, a sombra das bolas no pano verde, em harmonia tudo estalando, o samba que mata o sono e mata a fome, o bonde Anastácio varando na noite, depois da madrugada varada nos *dancings* da avenida Rio Branco e da Ipiranga – onde tive uma mulher ou ela me teve? – o frio das madrugadas, o trem cantando nos trilhos, o amor me pegou na Liberdade, tudo por dentro de mim e me tomando e comendo. O conto.

Com a história da japonesa não ganhei um concurso permanente no Rio, de que eram julgadores gente de nomeada. Tinha clima, ritmo e tensão e até verdade, só não o bom comportamento exigido, mais fechado que saudável, por uma publicação marcadamente familiar.

Espeto. Até nos é permitido cometer um adultério, no mundo. Inviável é confessá-lo. Aprendi.

Mas foi com aquela peça que, sem tirar nem pôr, anos depois, já no Rio, chamei a atenção dos homens e um deles, Marques Rebelo, fez nascer a expressão "clássico velhaco" e que hoje anda aí, em meu nome, pelos jornais, pelas revistas e até pela televisão.

Esbornear, escrever, continuar. Um dia, mandei com pseudônimo maroto e lírico carta ao Rio pedindo publicação de meus contos. E segui, tocando a vida. Que não há nada para ser tão tocada quanto a vida, e se você está fora dos ambientes como é que vai ver a festa do mundo?

Era um sábado, era um sol, era um dia 28 de setembro. E, claro, eu bebera na sexta-feira da semana inglesa. Ressaca na boca e nas pernas. Os olhos miúdos e inchados, a cara enorme. Provavelmente precisaria de óculos escuros para enfrentar a luz da rua.

Esponjei-me na soleira do quarto. Naquele momento, o carro de quatro portas, americano e cinza do romancista freava na porta do bar. Desciam quatro homens, paletós e gravatas.

Eles se chegavam para o balcão. A carta do Rio indicava o endereço do bar. Um deles falou o pseudônimo mais sestroso que já usei até hoje – Paulo Melado do Chapéu Mangueira Serralha.

– É aqui que mora o senhor...?

Meu pai baixou a cabeça. Atarracado, triste, português, envergonhado:

– Sim. Os senhores são da polícia?

Nenhuma virtude, nenhuma: Bagdá

Que já não sou garoto, se sabe. Nem flor cheirosa, inda mais que metido a pensar com a minha cabeça. Assim, estas rugas da cara não me chegaram de graça.

Tenho tido vícios, vários e diversos. E os que perdi – fui eu quem saiu perdendo – perdi por medo e calhordice. Nunca por virtude. Estes anos a fio, tenho sido um viciado nas palavras. Catei e catei, e me prometi que um dia acharia palavra ou expressão que contivesse e nomeasse, sem falseio, o meu tempo de rapaz. Correram temporadas, andei, tive subidas e descidas. Mais descidas, é claro, que, afinal, não sou um vitorioso e, se fosse, não haveria motivo de estar aqui contando, com franqueza, pedaço nenhum de minha pessoa. Eu teria mais o que fazer.

O ganhador ganha; não ensina o caminho.

Bem. E nada da palavra me chegar.

Um dia, uma tarde, uma noite, uma madrugada e uma manhã eu vivi – escrotas, sublimes e derramadas – na Nairlândia, uma cidade só de marafonas, a maior zona do Brasil, no caminho para Apucarana, Norte do Paraná, e pilhei uma expressão querendo significar e valer assim: *estar muito doido, à vontade; botar pra quebrar, deixar cair.*

Nada na vida tem me chegado por acaso.

A expressão era e valia: *Pra lá de Bagdá.*

Dedo-duro

Dedo-duro

Dedo-duro

– uma epígrafe

De-repentemente, urubu 'tá comendo gente.

– palavras ouvidas de um vagabundo do Méier.

Saído do xadrez, não fazia uma semana, Cigano, um punga fuleiro dos que se desapertavam como lanceiros nos ônibus avenida e tinha seu mocó encafuado num hoteleco da Boca do Lixo, mandou pintar um quadro que pendurou na cabeceira da cama. Dizia lá: "Morro de fome mas não trabalho. Louvado seja Deus".

Ou nunca entendi, ou isso é a Boca.

– A hora é esta.

No escuro, o terreno parece mais vazio, cinco homens formam a roda. A aragem noturna traz um fedor que vem exalando de longe; deve ser de um animal morto, gato, cachorro.

Fala o crioulo e nenhum dos outros responde, mas se sabe que Carioca ficou de passar aqui na quebrada. No quieto, a espera pesando, um deles acende o cigarro fininho. Chupa com força, mais, mais, fazendo a sucção demorada, nervosa. Passa o baseado ao vizinho. Um cão erradio late na noite e no pretume a brasa do fininho passeando, parando, voltando, é o que de melhor aparece.

Chega o tardinheiro.

Cumprimento com voz macia, que venho disposto e de humor aceso:

– Olá, meus compadres! 'Tamos a bordo. Como é que é, trouxeram?

Crioulo Carniça tem aos pés duas malas de viagem. Abre uma. Lá dentro, alguma bagulhada, eletrodomésticos. Puxa um rádio de pilha. Estende a mão:

– Chega mais, meu camarada. Aprecia a mercadoria.

Chego-me.

De estalo, rápidos, a fim, dois, as armas na mão, faroletes, baixam e invadem.

São os homens.

Os revólveres e o camburão paralisam os caras da curriola. Nenhum movimento. Agilizam, vão metendo as algemas. A porta traseira do carro é arreganhada, num tranco. Mais um tira vem, de supetão, aos gritos.

O crioulo Carniça, no susto, vai ensaiar qualquer coisa. Que isto foi cagüetagem e alguém abriu o bico.

– Pra dentro, vagabundagem!

Outro rato corta, aos safanões:

– Foi... foi uma droga. Pra frente, ô rapaz!

Os outros, sem paciência e um, dois, três bofetes estalam.

–Você vai é entrar no pau.

Torcem braços, exigem urgência.

Sou o primeiro, aos trambolhões, a ser enfiado no camburão.Vou debaixo de sopapos e pontapés. Quem mais apanha, encolhido e me guardando das pancadas, mãos na cabeça.

Um pontapé, de sem-pulo, me pega na bunda.

Está aí. Carioca não é meu nome.

Zé, encurtado de José e esticado para Peteleco, devido, quem sabe, ao jeito meu de nervosismo e espevitado. E, depois, vesgo e escanifrado, magrelo. No espelho, meu olho esquerdo sempre teima em olhar em outra direção.

Pé-rapado e cheio de irmãos, me escondi até os dezessete anos numa vilinha de Carapicuíba, colada à Aldeia dos Índios, sei lá por que esse nome. Até o centro, é uma hora batida de trem nos subúrbios da Sorocabana.

Assim, fica pra lá dos subúrbios e o pessoal trambica no pesado; eu, não querendo nada. Aí, o velho me chamou na chincha, sacrifício tinha de ser de todos e mandou que me explicasse. Arrumava emprego ou caía no mundo.

Caí na capital. E peguei, como quem começa, uns pedaços podres. Corri atrás, engraxando e esmolando, coisa de que não gosto de lembrar. Até um dia, então.

Aí, ganhei prumo, apanhando e entregando roupa num tintureiro da rua do Triunfo, na Boca do Lixo. Era novo, mirrado, mas acostumado. Sabia dormir com percevejo por perto e foi ali que aprendi a conhecer os tipos de malas. Que na barra se concentrava gente de um tudo mexendo com o ramo variado; era putaria, tráfico, jogo, batifundo, assalto, virações.

Isso. Fracote, pequeno, mas no ambiente. E com o tempo, até o mais morto, arranja uma moleza, um mingau, uma otária fácil de dobrar. Mesmo o pé aleijado encontra o sapato que lhe serve. Eu entrava com o amor e ela com o resto – a cama, no bordel, onde eu aparecia para dormir na virada das três da matina, terminada a batalha das mulheres. Na hora dos sabidos e dos amigos das minas.

Mas até aí é uma parte. Ainda na Boca tem a lei – mulher ofereceu, malandro não comeu, pau nele. Estava naquela e julgava vidão, que não levava rodagem nenhuma, curto e sem picardia. Quando em quando, me distraía, abusava nos copos e dava para bobear no botequim. Esse marcar bobeira na barriga da Boca do Lixo, debaixo do sol ou da luz elétrica, dá xadrez com facilidade. Aí, derrapei algumas vezes. Uma ronda me apanhava bebum, falando empastado e grosso, mais alto do que devia. Xilindró. Quatro ou cinco dias mofando no chiqueiro. Saía, bandeava de novo pra Boca. Voltava até engrandecido nas curriolas que, ficar invicto em matéria de cana, não marca vantagem.

Olhem aí, se eu disser que sou homem forte ou essas coisas, estarei mentindo. E em historiada de mulher, aqui miúdo, a sensação me vem, várias vezes, de ser pouco homem diante de certos mulherões que vejo passar.

Nem sou bom jogador, não aprendi furto e nem soube, pelo esforço certeiro – e meu – descolar uma maconha, uma bolinha, um brilho de cocaína. Não me dei bem no trato com as coloridas na sinuca, não fui um linha-de-frente no jogo do carteado, nem bom escrevedor de jogo do bicho, pego mal nas corridas de cavalo, não consegui fazer meio de vida nos entorpecentes. Não pertenci à patota dos rapazes fortes da leva mais moça saídos do Juizado de Menores, espertos, sabendo um tudo e considerados de todos, inda mais da polícia. Porque pivete não hesita, saca a arma e aperta ali o otário que estiver na frente vai pra chácara dos pés juntos. Pivete é fera.

Zé Peteleco, Zé Vesgo, se quiserem, sempre foi mais de obedecer do que de levantar a cabeça e virar o jogo.

Mas. Nesse tempo, por essas e outras, eu já estava mirado pelos ratos. O bom menino, desmilingüido e de nada, tinha quase as qualidades para se tornar um homem de dar o serviço, um boca-mole. Não pelo que os da rua achavam, mas pelo que os tiras entendiam.

Para os caras das curriolas, eu era sujeitinho. Chué, mixuruco, dos que quando não bebidos, mais ouvem que falam, covardezinho e, disfarçado, desbaratinado, arisco de passar por malandrinho. Já para os homens, os canas, o meu quieto engrupido poderia render se infiltrado na campana, a fim de espionar em várias situações.

De assim, que pensei estar a caminho de uma amizade de valia com um rato legal, um boa gente da polícia. Que se chegou para mim e convidou, na malícia escondida. Crocodilagem:

–Vem cá, meu considerado.

E fique sabendo que essa de malandragem nunca deu camisa. Malandro não tem futuro, seu passado é ruim e o presente um cocô. Futuro, quando bom, é morar na Detenção. 'Tá perdendo tempo e seu negócio é mandar bola pra frente. Olhe aí, você até pode me ajudar na situação de um afano.

E o tira escolou.

Armaram e fizeram, no quieto, um furto, o tal alívio na pastelaria de um japa. O japonês correu à delegacia e, bocudo, mordido, deu com a língua nos dentes. Mas era coisa fácil de descobrir. Eu estava no ambiente e não havia ali quem não acreditasse em palavra de Peteleco. Que sondasse e desse o serviço.

Parti pro meu canto, campanando, mas cabreiro com o tira. O bicho sabia que podia me ganhar na manha, na baba-de-quiabo, na saliva, na psicologia. Garantiu:

– Que o quê, rapaz!

Eu estava esperando o quê, o trem? Meu negócio era cuidar de mim. Trabalhasse direitinho, na mosca, me arranjava uma colocação lá no Departamento.

E dizendo que me dava cobertura. Toda. Limpeza na ida e na volta, de cá e de lá. Você nunca vai tomar estarro, não entra mais em cana, nem vai ter perturbação com os homens.

E era papo firme e não dava susto. Confiasse.

Aí, todo peado, aquela coisa de me encolher, a medo, prometendo. 'Tá legal, vou ver o que se pode fazer, cocoreco, bico-de-pato.

Mas um rato é um. Estou com vinte e sete anos pela cara e sei o que digo. Ele já advertiu, limitando a confiança, para evitar futuras liberdades ou inconveniências. Já mandando que eu desse uma maneirada com a bebida. Juízo. Quando o bicho bebe demais fica zonzeira, dá para goiaba, muito louco e melado. Acaba falando mais do que deve.

– Vê lá o que me apronta.

Tira adora mandar. Andei.

Três dias, se tanto, não mais, já por dentro do caso. O peixe morre pela boca e no meio da massa da malandragem, os cochichos e os bochechos correm feito rastilho de pólvora.

Nas quebradas, por aí, há quem diga e garanta que todo

ladrão é otário, todo malandro é otário. Difícil alguém não gostar de contar as glórias, como se fosse vantagem. Quem, vagabundo, malandro, puta, afanador, virador, não ronca e diz, papudo, que é mais que os outros, é o bom das paradas, o ponta-firme dos pontos? Claro, nem todos. Há o come-quieto e esse é pedreira, dali não se tira nada. Esse não soletra. Esse um rouba, estraçalha, estupora, mas se esquiniza, se manda, vai gastar noutra praça. É cabra-sarado. E sabe o buraco onde a coruja dorme. Um perigoso.

Mas um cara altamente cabeça não corre a mão em duzentos mil do alheio, duzentas lucas da pastelaria de um pancrácio japonês e, vacilão, descansado se esquece jogando crepe nas bocas... sua façanha é pequena. E tão! Acaba, bate nos ouvidos de um Zé Peteleco, que encaçapa. Nessas umas e outras, pilhei nos fundos da Boca do Afonso, depois das mesas de bilhar, no quarto onde corre enrustido o jogo de ronda, rola o dadinho e ferve o carteado.

– Tição patolou um japa em duzentos barões. Só no crepe, ontem à noite perdeu oitenta pedros.

Nenhuma hesitação e, no que me cheguei para o rato, endedei. Enchi as bochechas e soprei. Que se foda o andor, qu'eu não me chamo Nicanor.

Negócio era com Tiça mesmo. O paca estava gordo e ainda não queimara nem metade da grana do afano. Entortei.

Entreguei o mão leve ao canusca, que trabalho teve bem pouco. Deu voz de prisão ao vagau, lá dormindo no hoteleco, pegado a um inferninho, o Perfume de Gardênia.

Depois deste, procuro desempenhar à risca, não dar mancada

e não deixar furo. Nem pode dar no bico, que no meu serviço não se erra. Errou, é morte.

Estou mordido pelas falas do tira. E não me é custoso meter na cabeça que também, lá no fundo, sempre me arranhou a vontade de ser investigador. Detetive. Sendo um zé-mané qualquer, um pé-inchado, sem escola e sem padrinho, sem goma ou endereço fixo, nunca tive jeito de mandar à frente qualquer plano. De repente, um cana me vem, faz que se engraça, descubro que ser dedo-duro é caminho. Palmilhado direitinho, atenção e juízo, pode desembocar num emprego bom.

Descolo cagüetas que chegaram a ganhar um lugar de motorista ou carcereiro na Segurança Pública. Fico sabendo que a Secretaria não dá verba aos cachorrinhos, mas manda imprimir e lhes fornece, na moral, umas carterinhas de agente reservado. Já a caixinha passada pelos tiras, o vale branco, inda mais pela ratatuia ligada a furtos e entorpecentes, varia, estica e encurta, mas é sagrada e segredo se o serviço é quente.

E a gana de ser policial me correndo por dentro. Não quero nem saber se, na área, um e outro cara de juízo me alerte que, na continuação da pegada, esta vida não compensa. Na batida em que vou, está me interessando é andar de algemas e máquina niquelada na cintura, arrotando umas grandezas muito à vontade e criando nome no meio dos majorengos.

Olho no olho para fritar as criaturas. Regá-las, levá-las em fogo brando, em banho-maria. Depois, só depois, fritá-las. Assim se trabalha, olhando no meio dos dois olhos das pessoas, ali naquela marca da metade, entre as pestanas, onde é o começo do nariz; é preciso firmar os olhos lá, arrancando confiança. Falar olhando nos olhos. Como os camelôs, como os jogadores, como os pungas. Como as piranhas de classe que adoçam os fregueses, mornamente, e os depenam sem vacilo e sem dó, até o osso e, na continuação, os estrepam de verde-amarelo-azul-e-branco. Cavar. Falar como se se falasse franco, politicando manhoso, torneado, serpenteando devagar, na baba, trazendo as coisas mais escondidas de com quem se fala. Jogando o verde, trazendo devolta o maduro e sem ser notado. As pessoas só falam daquilo que gostam. Então, é ouvir, ouvir com pachorra. Ouvir principalmente o que elas não dizem, pois, ouvir é mais difícil do que falar. Ouvir é arte. A atenção matreira não falhe um milímetro, aguda como uma lâmina em sua ponta. No meu trabalho não se erra, morre-se. Aqui não se brinca e uma gota não se bebe em serviço, impossível estar zureta, bêbado ou de voação. Trabalhar é altamente sombreado e de curva. Uma viração do cão, em que se leva tudo quanto é nome, "entrega até a mãe", o chacal, o alcagüeta, o cagüete, o cachorrinho, o delator, o informante, o dedão, o reservado, o que fala, o federal, o engessador, o boca-mole, o boca-de-litro. O dedo-duro. Ofensa maior que essa palavra na malandragem não há, pois, seu dono não é carne nem peixe. E não conheço um que não seja magro, espiantado.

Saco outros cagüetas. Uns, do vício em tóxicos, entregam traficantes, para apanharem, no lote, com risco de vida, parte pequena da mercadoria e, assim, matarem a vontade ardida. São escravos, os figuras, piores que negros de ganho – do tóxico e do tira a quem servem. Esses, se bobeiam, dançam de vez. E amanhecem num terreno baldio, furados de bala, depois da tortura, com a boca cheia de formigas. E a língua de fora. A eles, se cato alguma bronca no ramo dos entorpecentes, vendo bem a informação, ocasião boa para morder uns cobres. Dou a dica. Mas tem de me molhar a mão.

Aqui na barra, tanta coisa vira façanha e cada peripécia fica lenda, faz memória. Maioria é figuração. Corre aí um papo, quando em quando, que tem sujeito de bom piso hoje na polícia começado como cagüeta. E já que não sou mais carne, nem peixe, vou achando que a mumunha para chegar a policial, um dia, é endedando, engessando, apresentando, descobrindo, entregando a jato e me fazendo notar pelos homens.

As notícias são confusas e mais fácil é desconfiar delas, que nem sou homem de discutir fundamentos. O que está aí é porque aí está. O diabo é se situar dentro disso. Sei. Também sei que todo tira se obriga a respeitar o cagüeta do outro, desde que o engessador seja eficiente.

Ouço, quando em quando, que a alcagüetagem é a alma da polícia e sem a delação o campo de ação da dona-justa desmilingüiria. Dizem – eu duvido – que o pessoal dos homicídios não trabalha com informantes; para eles, cobras criadas, isso de fazer polícia é coisa séria. Sabe-se lá.

Mas vou. Faço h. Meio explorador de mulher, meio federal, passo agora por policial, já que carrego arma de fogo e babilaque de reservado. Pretendo tornar-me um boca-de-litro inteligente, desses que farejam casos difíceis. E encafifo. No fundo, um desses picardos, deve se julgar superior ao rato a quem serve. O tira leva o nome, descobridor do serviço e os cambaus, mas o dedo-duro é quem levanta a pista. Um faz a música; o outro, a fama. Não vai nisso uma injustiça. É tudo degrau de uma carreira.

Sei de sobra; não vá confiar em ninguém, que puto algum confia em mim. Claro que não tenho a consideração de verdade dos malandros e, se desmascarado, me apagam, me liquidam no primeiro cochilo. Também por isso não tiro o 38 da cintura. E até para ir ao banheiro levo a máquina.

Coisada. Vesgo e escanifrado, capiongo de uma perna, já me disseram que a minha feiúra magriça chama a atenção. Não gosto. Mau negócio, como tudo que é saliente e fica óbvio. Com o tempo, também, acordo para uns lances e me manco. As coisas não andam e nem andarão bem para o meu lado. Nunca.

Um olho jogando para uma direção e outro olhando não, saquei, dia desses, um tira soprando ao pé do ouvido do parceiro. Olho no Peteleco. Minha sorte é campanar bem. E consegui pegar até o que o cana não dizia.

Para o bom entendedor, um pingo é letra.

Que cismava, cabreiro comigo, que me mudei lá pro subúrbio e naquela paróquia vai havendo um chorrilho de assaltos a residências. E não venho apresentando serviço. 'Tá pensando o quê? Quem entrega de um lado, entrega do outro. Eu bem podia estar mordendo dos dois.

Mas o outro lado é lado dos malas. Lá, sei que perdão não tem nem para a palavra cagüeta. Quem fala morre. É rebosteio. Tem que pagar com a vida. Sei também que se tomar uma cadeia quente, de verdade, e me cair o disfarce, não sairei vivo, além do pau, da tortura e da enrabação. Malandro que é malandro não deixa por menos. Arrombam-me.

Viver é brabo. Nem posso cair fora, voltar atrás. Não tenho recueta, nem estou pensando nisso. Sem retorno. Mas se desconfio uma nesguinha, me invoco e me injurio, pulo de residência, de um bairro para outro, na cautela. Quem usa, cuida.

E vou me espiantando: vivendo. Levo. Vou à luta, que a vida é puta, como se diz cá no pedaço.

Sirvo a um só tira, o falado Sebastião Pé de Chumbo, que traz anelão de chuveiro na mão manicurada e troca camisa limpa e de preço todos os dias. Seu Sebastião diz que camisa é como mulher. Não se pode ter só uma. Isso não tenho, ainda não. Apanho da mão dele o meu jabaculê, a minha cara, magra, cada fim de mês. Grande coisa não. Mas tenho mulher na vida, que me dá algum na mão e tenteio.

Não quero, não posso, não devo dar topada. Porque uma topada, das minhas, pode dar dois tecos, duas azeitonas plantadas nos miolos do juízo.

Nem arrisco. Não me sinto uma força no jogo e nem sou besta; então, não jogo. Gasto com tóxico não faço, fumo cigarros de filtro dos que qualquer zé-mané do pé lambuzado ou maria-judia desta vida podem fumar. Emendo um no outro, tenho os dedos pretos de fumo e como me demore com eles nas mãos, o indicador, o polegar e o médio da direita têm as unhas marcadas de um amarelo feio. Como e durmo à custa da mina.

Vida ruim? De cabra safado, vida sujeita, escama, sujeira, barra? Morar em Carapicuíba numa vila encostada à Aldeia dos Índios comendo pó e amassando barro vermelho não é viagem melhor e é mais escroto. Camela-se às pampas. Garanto.

Meu deslize é menor, só quando de porre, bode ou grogue mesquinho. De tempos a tempos, não há fibra que agüente esta batida enrustida e dissimulada e, aí, abuso e entorno. Na birosca, protegido pelo babilaque que carrego, expondo, ostento e costumo dar, em voz alta, uma destas:

– Aqui é cana! Aqui é a polícia!

Azucrino o que sei. Vocês precisam saber com quem estão falando, seus pedaços de putos! Seus pirocas de cachorro!

Mas isso é lá no subúrbio, onde moro. Na cidade, numa boca pesada ou num botequim de favela, dou para me encolher e meto o galho dentro. Não tenho pegada pra enfrentar um valente, tenho não, me conheço a munheca fina. Porque valente é brabo, lei do cão, ferrabrás, encrenca ruim.

Mas em grupo, aí, me comporto como homem de coragem, dá-lhe, mundrungueiro das brigas e atirador, dos que barbarizam e crescem aos olhos dos policiais. Se saio no camburão com o pessoal, a fim de uma diligência, vou ansioso, interessado e contente, beliscado, que estou a campo para dar cana. Para dar a topada. A congesta.

Nessas umas, muita vez aparece moleza, a gente apanha um mala e toma-lhe a nota. Dividimos, depois; eu também levo o meu. A topada é um maná. A gente multa um malandro que tem algum no bolso e está culposo, carregado de pepino. É o arrocho. Ele dá o que tem e o que não tem para não pegar uma cana dura. Aí, a minha cara é maior. A gente deita e rola.

Melhoro. Subo de turma. Traquejo-me nessa de federal e ao me transformar em informante porreta da massa policial tenho de enfrentar situações novas. Num lance, sou metido numa captura da turma do quilo bem pesado, da quilometragem, a leva de feras que mexe com afanos à mão armada.

Aconteceu que pererecou e espirrou barbaridade numa reação feia dos meninos lalaus. Eles não tinham nada a perder, assaltantes tarimbados, acostumados a tudo. Depois, malandro não tem nada além de Deus e da rua. Assim, é desdentado; mas come vidro e é engolidor de fogo, mora em esgoto. E não estavam nem querendo saber de prosa fiada com a polícia. Mandaram ver, todos dedos moles, desses que catam um revólver e firmam, apertam, metem o dedo no gatilho. Sacam e atiram com as duas mãos. Cheguei à favela com o pessoal da dona maria e já dentro do camburão tive de desempenhar como macho.

Arrombadores resistiram e foi uma maquinada de bala por todos os lados. Eu não podia mostrar minha frouxidão aos tiros porque, de natural, me apavoro e não quero nada com o fuá. Mas tive de partir para linha de frente, arma na mão. Marquei bobeira naquele entranhado da favela Ordem e Progresso, me expus com exagero e quase fui apagado. Levei dois tecos na perna. E, olhem, dei sorte.

Também por isso puxo da esquerda, meio capenga, até hoje. E costumo dizer que foi uma esparrela por causa de mulher.

Pega e convence. Este mundo tem tanto otário e sempre há um que vai, de tonto, em conversa mole. Aquele passa pra outro e assim corre. E, para final, navego numa canoa em que todos só contam as glórias. Do fiasco, ninguém fala.

Se não tenho nada a espiar, depois de ficar até sol alto na cama, preguiçando, baixo nos salões de sinuca, entre merduchos e ventanas, onde posso cheirar enviesado um e outro serviço bom e ainda, cavando, morder alguma grana dos cobras ganhadores no jogo. A minha estia. Que os tacos vivem só da sinuca e precisam estar limpos e em liberdade para o joguinho. Então, têm de me pagar pedágio. Ali, devo ser temido e, ao mesmo tempo, detestado; afinal, além de explorar, o meu tutu não ponho no fogo do jogo. Isso, o nojo, a raiva represada, a gana que me têm, não está me dizendo nada. Aperto a cambada e mordo. O pedaço é bom para um trabalho que, na madrugada, muita vez, pintam nos salões, dando seus girotes, malandrecos de outras áreas. Onde tem granolina, piranha vem morder.

Vindo para apreciar o joguinho, gingando os corpos magros, o pessoal da pesada costuma tomar um trago; no balcão topa um bocudo e não sabe onde está pisando. Acha que sou da situação, navego na mesma canoa, já que levo jeito de malandro pela fala e pela magreza. Então, se pede o tira-gosto, já se bebe o traçado e se vai queimar um fuminho num canto enrustido e se fica ligado. Ou junto com o cagüeta, se injeta uma picada, um pico, um euforizante, se fica tomado e se desanda a contar vantagem, tretas, presepadas. O olho do dedo-duro está na espia, trampando e colhendo o serviço.

Às cinco da matina, o resto da cidade parece dormir e até os *dancings* e os últimos restaurantes e botequins baixaram as portas para descanso. O salão de sinuca vai seguindo na madrugada, agüentando o seu ritmo ladrão como um olho aceso na noite, vivo movimento nas mesas, quase tomadas por inteiro. Pelos bancos laterais, nos cantos e no balcão, sujeitos conversam, bebericam, fazem apostas neste ou naquele taco. É uma variedade de peças; dos parceirinhos, jogadores, patrões e cavalos, curiosos, remandioleiros, velhos estrepados e sós, desocupados, famintos, gente da noite, fumetas, aos pintas de outros campos, chorros, lanceiros e roupeiros, tudo gente que bate carteira, pisa macio e se alivia de qualquer maneira. Baixa também algum malandreco da pesada. Aí é comigo. Essas aves, de comum, nem jogam nem apostam, ficam ali papeando, mariolando o tempo, tomando um e outro para molhar as palavras.

Num canto, miro o ambiente e dissimulo, tomo o rumo do balcão. Lá fora, um camburão da polícia já parou e os ratos estalam no salão. Procuro me encostar a um mulato, fico plantado lá. É o convencionado: me chegar ao mulato. O beijo de Judas que dou.

A rataria sempre age com rapidez.

Aqui é cana e o salão se assusta. Parceirinhos param jogo, ganhando ou perdendo, cigarros no bico, os tacos no ar. Porte de arma. Revista. Documentos. E, no arrastão, cinco homens para dentro do camburão, trancafiados. Entre eles, eu, Zé Peteleco falado, tido e havido naquele povo como pedra noventa, malandro bom, de fé, o pente fino, um ponta-firme. De confiança.

Cinco vagulinos identificados na delegacia e arrastados para o chiqueirinho. O quarto pequeno, que fede a mijo, higiene nem tem e onde todos se misturam. Podre.

O tira corre os olhos nos nomes dos recém-chegados e resolve dar as boas-vindas, chamar um a um. Tem nego aqui que pode entrar num pau-de-arara e levar porrada até esquecer o nome da mãe. E, depois, o próprio nome.

Calha a minha vez e as falas se refrescam, ficam diferentes; chego e logo me abro, me racho com o rato, conto o meu, tem isso, tem aquilo. No bem macio vou dizendo. Singelo.

Ali só o mulato é um quilo. História do assalto é com ele mesmo. A peça é o cujo, o resto tudo pessoal da leve, lixo.

Ralinha, minha prisão foi de araque, de grupo. Uma palha. Deu que garantiu minhas aparências na raia da malandragem onde, amanhã ou depois, atuarei de novo.

Meia hora escorre, nem isso, sou liberado sem que os outros vejam. Lá, eles estão esperando a hora da tortura. Só de pensar, estarão sentindo frio nos dentes.

E eu vou dormir.

Faz aí, não mais de vinte dias, passei a me chamar Carioca.

E, de Carioca, enfiei-me num subúrbio para fazer o bom trampo. Assaltos infestavam o lugar e a ladroeira ia de cambulhada. Os comerciantes botavam a boca no trombone e, escandalosos, bundeavam; acabaram chiando no noticiário da televisão. Um desses loques apitou que sua casa foi assaltada quinze vezes num mês. Só que se esqueceu, o bom bunda-mole, de agradecer a Deus por ter escapado com vida.

Mas fedeu. Descalabro arrepiou e os jornais gritando.

Aquilo levava cheiro de quadrilha de feras brabas. Planteime, amoitado; vivi dia e noite vendo, infiltrando-me. O lugar fervendo de lalaus conhecidos, barra molesta.

Dei para zanzar nas bocadas que ficam de pé, acordadas e bem nas madrugadas. De primeiro, bobeei pelas sinucas e cafofos. Largava-me lá até as tantas, tomando umas poucas, parolando na gíria, gingando nas pernas e fazendo a plantação. Vi dia amanhecer. Bebida, pouca; que, depois do terceiro copo, o freguês já não ouve mais nada. E o botequineiro rouba. Também me enfiava no fogo, jogando uma nota mesquinha, perdendo, ganhando, mas aparentando até sentir que os malas se lanceavam comigo. Daí, então, um querendo saber da vida do outro, como quem não quer nada. Dando o açúcar.

Como é que é, meu compadre? A jogo ou a recreio?

Respondo que sou do Rio. Estou meio a serviço, meio a trânsito, meio a passeio, meio a jogo, meio a meio, estirando uns dias. Transo, mexo e remexo, de assim, em variada posição.

Maneirando uns dias aí na casa de uma grinfa, mas daqui a um nada vou dar no pé pra Brasília, que lá está morrendo gente. É um derrame meu: correndo a gaitolina, prosperando. Grana lá tem às pampas, otário aos montes, os coronéis babaquarando e mina se arruma, ganha quanto quer.

O malandro, picado na minha charla, vem interessado. E, aí, solto a língua, que de conversa em conversa a gente vai conversando e um dia, se chega perto do mocó escondido. Uma noite, eu vou para os lados de um escurinho. Minha mão baila.

– Ô meu compadre, onde posso arrumar um cheio?

Quero é um pacau, quantidade suficiente de maconha para porção raiada de cigarros.

O criolinho me bate os olhos, no devagar. Criolo do olho redondo tem esse jeito seu de olhar pelos cantos dos olhos sem mexer o pescoço. Desconfia, cabreiro:

– Sei, não. Não trato disso.

Carniça, que já descobri. Ele se chama Carniça devido aos dentes podres da frente da boca.

Aí, corto rente. Abro a fala num raio de simpatia:

– Que nada, meu irmão!

Você está me estranhando. Eu sou limpeza pura, cadeeiro velho, vagau. Ponha fé, ô meu, é com a gente mesmo.

E meu nome é Carioca.

O neguinho se explica, que não é por nada, não. Mas sabe como é, meu branco, em lagoa de piranha, jacaré nada de costas.

Está quase dobrado, na minha conquista. Ganhei. E dou um tempo.

Volto hoje, volto amanhã, volto mais tarde. De uma mão, numa noite, o escuro falou sério, um brilho nos olhos redondos:

–Vamos chegar até o pedaço; aqui no salão 'tá repleto.

Tinha antena no pedaço e muito mirão.

Descemos, a passos tímidos, as escadas de madeira do sobrado onde, lá em cima, quente, o salão de sinuca jogava luzes na boca do inferno. Fomos no quieto, nos esgueirando, eu puxando a perna e, tiro e queda. A gente se chegou a um esquisito, uma bocada onde vários malas formavam a curriola. Senti um frio nas pernas e aquela coisa animal, o pressentimento fera do batedor.

Havia farejado certo, havia batido lá, estava cara a cara com o mocó. Uma alegria e o esforço para me conter, mexendo os pés nos sapatos. Necessário achar um jeito de endedá-los.

Um deles largou para o de cor:

– Chega mais, Carniça, vamos dar uma bola nas coisas. E o chapa aí, seu camarada?

O crioulo Carniça confirmou. Veio a pergunta, então rápida, de quanto eu iria querer da erva doida.

Faço uma presença. Que me mande logo um pacau, eu estou numa falta que não tem mais tamanho.

No que os caras davam a bola, mamavam e presilhavam o cigarro fininho nas bocas, eu via uma patuléia forte de calejados em assaltos. Arrombadores. E fazia o meu papel com medo; no fundo, estava a perigo.

O baseado passeou, circulou na roda, passando de mão em mão. Os machos sugando, aspirando forte, repetindo, nervosos, o movimento de chupação, fumacê, querendo que ela corresse pelas veias. O cheiro de mato queimado e veio a minha vez. Eu dei bola, um tapa no fuminho, fingi tragar profundo, chupado. E parolei que era da política e arrotei vantagens, trampolinagens:

– Saí de pinote do Rio.

E por aí fui. Corrido da canucha, me disse premiado pela justiça com cinco primaveras e outros pepinos a ponto de estourar. A roda riu. Se a polícia me cata vou precisar de uma junta de advogados. Riram mais.

Charlei e corri os olhos pela moçada, furtivamente. Conferi o efeito, vi que ia convencendo. O perepepé de Zé Peteleco, o Zé Vesgo. Conseguisse um daqueles, apenas um seria ponto grande a meu favor na polícia, sucesso. Aquele, debaixo de tortura, traria o outro. O segundo traria o terceiro, e assim, viria o bando. Seria a chamada carambola, todos acabariam em galera mais os receptadores. Os jornais iam calar a boca e a gente, molhar a mão na grana.

Meu medo foi sumindo, ganhei força.

E armei.

Se alguém souber de um bagulho é comigo mesmo. É aqui com o Carioca. E, olhe aí: estou pagando bem. Chego em Brasília e empurro o material, tudo. É um mingau.

Já estava jogada uma isca. Agora, meu papel era na expectativa.

Dois-três dias, eu estou perturbando na bocuncha de sinuca, fazendo umas pules sovinas num taco novo que baixou em campo, quando uma peça da curriola me rela o braço:

– Ô Carioca, despista e chegue mais.

E vamos tratar de um particular. Corre-me de novo o frio nas pernas. Esquentando, mais, está chegando a hora da colheita, o momento de fechar a ceva. Outra vez, me sentindo a perigo. Disfarço, ponho tranqüilidade:

– Diga aí, meu. Qual é o pó?

O negócio é que Carniça estava a fim de vender uns bagulhos. Bem. E eu, a fim de ficar com eles. Bem, juntou. Estamos. A fome de um lado; a vontade de comer do outro.

Batuco impaciente, na coxa, mas me agüento. Vou com cabimento e até modéstia, que o afobadinho come cru. Positivo. Não sendo muita grana, a gente pode chegar a um entendimento.

– Espera aí.

Finjo estudar um encontro. Um aponto.

– Amanhã a gente se cruza.

Quero saber onde a bagulheira. O outro solta nos dentes:

– Mesmo lugar. Lá no esquisito, onze e meia da noite.

A gente se despediu com as mãos no ar, à maneira dos malas.

Meu olho vesgo de nascença.

Lavando a cara, vi como sempre que um olho encarava o espelho e o outro teimava em outra direção.

Ontem, acordei esbaforido no colchão surrado. Fazia calor e

a gente, nesse tempo, acorda lavado de suor. A cama, sem a mina, estava vazia. Fumei muito olhando a rua de terra, deserta, pouco antes do sol nascer.

Tinha dormido um nada. Precisava deixar o disfarce de Carioca e tornar a Peteleco. Tinha peixe na rede. Primeira vez uma quadrilha nas mãos, eu ia faturar um tento. Corresse à cidade, logo na manhãzinha.

Saí junto com os primeiros trabalhadores e marmiteiros que procuram os ônibus xexelentos, entupidos de mocorongos.

Desço e vasculho as bocas, meio zonzo, sonado, há horas, como um cachorrinho. Preciso encontrar o meu tira.

Rondando firme, provavelmente vou topar o rato com cara de sono; onde, não sei. Sebastião Pé de Chumbo gosta de comer, no sossego, o seu filé com salada de agrião, azeitada bem, num restaurante beleza da Boca do Luxo, ali por volta das três, três e meia da tarde.

E vou falar.

Aperto o passo. Vou subindo a Vitória e no meu caminho, depois da sapataria famosa, e depois do Gato que Ri, quase na esquina do largo do Arouche, percebo que trocaram o cartaz vermelho de maiôs com a modelo novinha para uma propaganda de extrato de tomate.

Bruaca

Bruaca, bruaca, bruaca. Ficou sendo Bruaca.

O velho lhes deu de verdade. Marretou a latada dos coiós, tomou-lhes tufo da grana. É, seus... A coisa é ingrata. Está na alma. Na pele. Na ponta dos dedos. Não forcem a barra, que o joguinho é jogado. E o nome dele é sinuca. E não cabe na mão de um quiquiriqui qualquer. Deixem livre o campo, que a briga é maior que vocês.

Ele os pegou de jeito e os massacrou até o último. Arrasou os muquiras, furtou os falsos cobrões, estraçalhou os trouxas. No fundo, boa cambada de contadores de landuás, uns pais-mané do pé lambuzado. E ele tinha baixado no salão a fim.

Fez os caras e os fez bem feitinho. Sonso, pegou no taco e trabalhou singelo, humilde e dissimulado. Ajeitou giz, cruzou os olhos nas tabelas suas velhas conhecidas, sentiu firmes os pés enfiados nos tamancos cambados. Não tinha bebido uma gota. E ninguém como ele para andar firme em cima dos tamancos gastos.

E machucou.

A gente ficou sabendo nos muquinfos e botequins. E na baixada da rua Caiovas, onde o Beco da Onça se planta, a pivetada chegou a sonhar com o episódio. O velho era gato, picardo, manda-tudo das bolas coloridas, chupa-rolha, um mamoeiro muito do acordado.

Ia – naquele dia famoso – para as tacadas com o coração na mão. Sentia o medo, aquele um, que ninguém mais notava.

É que o picava um talvez: mesmo o sabido mais avisado, até

esse, na hora do logro e da mordida, conhece o medo. Bate-lhe a cagüira e aí, é o cão.

Mas a hora de enfrentar era aquela. Não havia outra, e ele agüentava, correto, responsabilidade dobrada – partida para a forra, o golpe, o chorrilho. Dar um derrame naquela boca do inferno, se bater contra o salão inteiro, todinho. Ele e só ele sabia disso. Deixaria os parceirinhos de pernas para o ar: sacudir aquela gente, arrepiar o pedaço.

Apertou os olhos e foi ao fogo do jogo. Firmando nos lances, mordia a língua nas gengivas desdentadas, punhetava o taco nos dedos amarelos de fumo. Suor na testa, sufoco, um peso no espinhaço. Os olhos dos parceirinhos acompanhavam, mediam, cuidavam. A sua mão direita acarinhando. E ele jogava o jogo, batia seco nas bolas, presilhando, o certeiro. Fino e franco. Que simples! Que todo próprio!

Bruaca lhes deu vantagens e os comeu e floreou muito além de onde eles já pensaram alcançar. Deixou-os duros, tesos, durinhos. Do jeito que a coruja fica, desenxabida, no toco.

Jantou os caras. Depois, sumiu, esquinizou de Vila Pompéia. Depois, voltou ao Beco da Onça bebendo, entornando pingão, molhando o pé. A gente toda ria, cheia de orgulho dele, chegança, amizadinha, quando ele passava, pé grande, dissimulado, em cima dos tamancos. Lá ia o cabra-sarado da noite, o sabido das xumbergas, o boiquira das malandrices. O bom.

Mas pisou na bola. Este mundo não tem malandro completo. O velho muito raro e bem topado desandou a beber com exagero. Parecia multado. Assim, dava bobeira. Aquilo, aquilo não se explicava. Qual é? Ele era ganhador. E um ganhador ganha, pronto. Miau. Não analisa. Quem pensa na vida é o perdedor: já que perdeu. Bem como, quem dá luz a cego é bengala branca.

Também acresce que não tem esse no mundo que beba só pela bebida. Tem coisa aí.

Enxugava de um tudo. Não podia ver garrafa, o mamoeiro. Então, o mulherio – que é bobo, medroso, rezadeiro – mais a molecadinha do Beco da Onça deram para boatar que ele entornava grande porque pegou praga de otário. Pois. Jogava demais. Era cobrão, calvário dos jogueiros. Machucho. E, por isso, não bebia a bebida. Jurado, ele mamava a praga dos otários. Sim. Estava pagando.

E, assim, tocava o velho Bruaca bebendo mal.

Bruaca, bruaca, bruaca. Engraçado. A gente nem sabia o que o velho estava querendo dizer. Mas ficou sendo Bruaca.

Bem cedo. No rabo da manhã, antes do sol, o Beco da Onça é acordado – se é que dormiu – pelo roncar dos caminhões.

Os caminhões de areia começam a passar, vindos dos rumos do córrego Aimberé, junto ao muro do campo do Palmeiras. Vêm encharcados de água, balangando de carregados, motor em primeira, roncando grosso, quase morrendo e insistente. Os braços esquerdos dos motoristas descansam na janela, apanham vento. As catadoras de papel vão passando, pé na avenida, procurando ruas de mais movimento. As lavadeiras chegam, vão para as beiradas do córrego, cada trouxa na cabeça e mais a criança pela mão. Daqui a pouco estarão lá, ajoelhadas, os corpos indo e vindo da cintura para cima, vergando e descendo, saias enfiadas, um tufo no vão das pernas, lenços na cabeça, batalhando a roupa. As lavadeiras pedem sol, e os moleques, pra chover. Que assim não tem escola, não.

Para os lados da Água Branca, lá em cima de uma chaminé, o sol está pintando. Já é um dia no Beco da Onça.

Molecadinha ferve na rua de terra, joga bolinha de vidro e apronta.

– Scaps!

O parceiro rejeita, enfeza, quer parar jogo ganhando. Você é águia e eu não sou tatu e cocoreco e bico-de-pato. E lesco-lesco. As bolinhas de vidro dos bolsos saltam para o chão.

Vão e se pegam, se espojam na terra, na atracação junta gente, parente de um ou de outro apartando ou enfiando um safanão. Lá em casa, dão um jeito na vida dos metidos e levados. Apanhou na rua, apanha em casa; bateu, apanha também; brigou na rua, apanha em casa. Então, é bater. É o jeito.

Quem acaba com o rolo é um ronco lá no céu. Uma chuva que vem desabando. De pedra.

Ele chegou debaixo da chuva de pedra.

Veio incerto, escorraçado de algum canto da cidade, que zanzou uns dias pelos cantos campanando na espreita, apalpando, ressabiado, sentindo a área. Provavelmente dormiu atrás do tapume da padaria ou, se não o viam, nas soleiras das portas, tremelicando.

Prejudicado. Assim, o pessoal achou que o velho estivesse mais morto do que vivo.

Choveu todo o dia. Uma semana. Quando parava, subia um vapor branco, feito fumaça, das águas do Aimberé. Então, eta umidade doída, entrava nos ossos.

Parecia, de quieto, um pardal molhado. Baixou, no terceiro dia, enxovalhado e lambido, puxando de uma perna e se encostou aos sacos de batata. Assuntou mais. As pedras brancas choviam um barulhão nos telhados e o vendeiro, ferro na mão, veio e desceu meias-portas. O velho aí se viu cutucado e rosnou.

Lamentou-se que arrumara aquela friagem das pernas trabalhando como diarista nas câmaras frias do tendal da Lapa, puxando nas vagonetas traseiros e dianteiros de boi. Mas os chefes, importantes, capas brancas, deram com ele doente. Depois, era preto. Não servia mais, o mandaram andar.

Mostrou a mão de calos.

O homem do balcão, calado. Viu-lhe os olhos raiados de sangue e lacrou, corte rente. Com aquela macacoa da idade, tivesse juízo na carapinha branquejada. Nem bebesse. Inda assim, lhe arrumou um canto. Encostasse na carvoaria de seu Augusto, ajudando a ensacar lá, de dia. À noite, já teria a tarimba para dormir.

Dormiam ratos na carvoaria e o velho dormia onde os ratos

dormiam. Uns morcegos no teto e uns ratos no chão. O carvão não fica quieto, nem à noite. Estala como se estivesse queimando, trinca como se a pilha de sacos fosse desabar. Mas foi ficando e assim ficou, esse um, no Beco da Onça.

É melhorar o tempo, se escora; firma a perna, se apruma. E desguia da carvoaria. Mostra, num átimo, os dentes de piranha, é um virador afiado, galhofeiro, vivaço e vivedor, rápido na pegada. E descansado.

Vai esmolar, saído e sacado, sem-vergonha, meio cambaio, sonso, traquejado. Um professor. Mão-leve, colhida a féria da mendigação, bebe.

Toca, moleando, zumbi-zumbi pelas ruas. Engrola, língua presa acachaçada, voz empastada, um bruaca. Enfia outro, mais um. Repetidamente, até por um nada, bruaca em toda a fala.

Aí, tropicando, anda que anda, cai não cai, na terra ou nos paralelepípedos. Mas tem um pé grande, pé de soldado, a peça. Vacila, bambeia, e não vai ao chão.

Bruaca é um nada. Bruaca é só palha.

Que de porre, o bicho fala e refala. Seus nervos fervem, fica tiririca, fica engraçado, a molecadinha arremeda.

E Bruaca ficou. Aquele crioulo dos tamancos cambados.

O vendeiro, um burruga, pequeno mas tarracudo, mexia os antebraços que pareciam um filão de pão.

Estirou de comprido, a faca fazendo um talho atravessou a manta. Fez outro e outro e outro e, depois, em tiras, a carne-seca foi pendurada no bambu dos defumados. Bambu, que nada. Era um cabo de vassoura partido na metade e pendendo, suspenso por dois arames imundos. O vendeiro, a seguir, mexeu nas miudezas da prateleira e o sol, depois da chuva, batia de chapa na rua.

Desceu uma lombeira nos corpos magros. E perturbação de moscas baixou na sonolência do mormaço.

Uma roda se formou. Balangando os corpos e abrindo risadas, aquela gente melada mas enrustida reunia uma das catadoras de papel, duas lavadeiras de aventais molhados, um abobado que de olho maluco não contava nem ouvia, um ferroviário da Barra Funda, um homem da sacaria. Três-quatro moleques moncosos, um engraxate, pés no chão, penderam as cabeças, abriram os olhos e pararam, tentando entender a passagem. Contava-se.

O velho conhecia dezessete meios – e mais um – de enganar no troco. Falou-se de boca cheia, com deboche, no riso de desacato e manha que a ratatuia do Beco da Onça põe no canto da boca, quando furta ou trapaceia. Fica o riso mais gozoso, se se trata de caso em que se correu o pé com dissimulação e se comeu um otário por uma perna, correndo por dentro dele. Quando se charla do fazer de um negócio bom, caudaloso, arrepiado, a curriola toda vibra, o caso corre cínico. Coletivo, então, mais alegre o Beco da Onça fica. Rememorou-se Bruaca.

O velho da língua esperta conhecia o mistério escondido, o mocó da simpatia e da antipatia. E, então, podendo, mordia mais que cachorro zangado. Com pouco mais de uma semana de Beco já era um picardo e, melhorando das pernas, saía a campo. Aprontava bem.

Um converseiro atiçado ia se acendendo. A fala da cambada desfiando as coisinhas da façanha não tinha comando. Um narrava e outro também, que sendo povo do Beco é tudo sofredor, invariavelmente escolado em virações, cadeeiro acostumado, maneiro das juntas. Por necessidade, o mais bobo ali tem de voltar com o bagulho já empacotado, enquanto o outro ainda vai indo.

Contava o homem da ferrovia, mais amalandrado nas coisas do joguinho, embora trabalhador lá na estação da Barra Funda.

Deu-se que Bruaca, andejo, de escarafunchar e especular, descobre que a rua Caiovas, ali na Vila Pompéia, onde o Beco da Onça se planta, é tortuosa, intrincada e comprida, variada de muita subida e curva. Enviesada. Leva trechos de terra, asfalto e paralelepípedos. Só vai parar, na sua misturação, fervura, tropel e enrustidos, lá no pé do Sumaré, bairro dos bacanas. Nos seus caminhos, tanto muquinfo enfiado, bocada, come-quieto. Quem passa, por fora, não vê.

Não lhe faltando as pernas, Bruaca era um menino. E aprontou um episódio. Armou, deu derrame nos altos da Caiovas, na Boca do Afonso, biboca de pouco sortimento. Um balcão de bebidas e, nos fundos, duas mesas de sinuca.

Mãos calosas de mocorongo, o bicho vestiu caipira, lanhado, matutão, amarfanhado, meteu o chapéu ensebado, a calça larga. Um beldroegas sem tirar nem pôr. Sujo de carvão, poento, precisando de banho.

No primeiro dia de Boca do Afonso ganhou o apelido de Boca Murcha. A peça trocava de nome, conforme a necessidade e a negrura da parada. Muita vez, tomava o apelido de outros viradores e disso se servia, tirando partido, confundindo os adversários de taco. Assim, carregando um guarda-chuva, passou por Florzinha do Guarda-Chuva, o taco falado, que tem esse nome por causa da feiúra mal lambida de cachorro magro. E porque carregasse um guarda-chuva preto do pano descorado, a que os parceirinhos diziam, encarnando, da cor-de-burro-quando-foge. Levava sempre o guarda-chuva, era com chuva, era com sol. Também passava por Florzinha do Guarda-Chuva por ser da cor. E velhusco bem malhado.

De cara cavada trabalhou, gramando naquela bigorna, deu duro no campo e açúcar aos parceiros e, ô peito! Naquela boca do inferno, viveiro de sabidos, se mexia uma pá de tacos avisados. Mas deu corda e trabalhou na mira, dormiu. Vacilar, que-o-quê!

Firma. E vai com tudo. Está com o capeta, com a fome raiada e ataca lá no fogo. Só não se sabe direitinho onde arrumou o algum, o capital, o pororó, a grana, para tamanha plantação.

O pinta passou uma semana seduzindo. Perdia pra um, era mordido por outro. Hoje, quarenta cruzeiros aqui, cinqüenta ali. Assim, vai plantando. Sozinho, bem só, é um merduncho solitário e arrisca.

O velho vai só regando as plantas.

A patota, se percebe o truque, corta-lhe o passo e apaga o vagabundo lá no salão. Quebra-lhe depressinha os polegares e os cornos e o bicho, por muito tempo, não segurará mais um taco.

Perfeito como um veneno, o cara é lenha. Vai e adoça, atura, come dormido, cega bolas no pano verde, erra como um galo cego, que de velho vive dorminhoco. Pega no taco, mira e não dá em bola. Ceva. Perde e paga, como um loque, um mocorongo, otário ofertado que não faz fé no azar, nem na lógica do jogo. Um cismado que dia após dia, e a cada nova noite, espera uma viagem do jogo para apanhar a força e o embalo e, na continuação, tentar o chorrilho. Forrar.

Foi aí, numa segunda-feira. Ele desceu com tudo. Boca Murcha baixou no salão de madrugada, às três da matina e desatou. Desentupiu. Começou a quebrar. O que vinha, estraçalhava. Deixava de pernas pro ar. Tinha, no quieto, estudado as mesas, as caídas, as tabelas, com paciência, amorosamente. Tomou tenência. Estava em casa e bem, sabendo. Boca Murcha, digo Bruaca, já vai caquerando tudo quanto é parceirinho.

Faz uma noite e um dia. E ele está jogando.

Passeia, fera.

Baixa rompendo, vai machucar, dançarino, galopa, ferra, cai matando, aprumo, sapecando, pedra noventa, estraçalha, atirador e bárbaro, furta o parceirinho. E manda ver. Estupora dois patrões de jogo e lá pelas cinco, seis horas da tarde do outro dia, seus tamancos vão brancos de giz. Se existe um coleiro virado em Vila Pompéia, aquele é um. Batendo franco nas bolas coloridas – de leve, de força, na cara ou de meia lambada – trivelando, presilhando, Bruaca taca o taco. E tala.

Fez os caras. Estatelou os sambudos de falsas famas.

Flagra um cochilo da turma e logra. Consegue bater em fuga no meio de uma partida, quando o parceirinho está entretido em matar uma bola cinco na caçapa do canto. No meio da rua Caiovas cata um táxi e manda tocar para a cidade.

Malandrecou à grande e derrubada toda uma curriola, salão inteiro de um botequim que plantou bem plantado no fim de uma semana, Boca Murcha vai de fininho deslizar de Vila Pompéia. Vai circular o vagau, o disfarçoso, o vagulino, o malandreco do coleiro virado.

Dá um tempo. Volta, quinzena depois, já outro homem, o Bruaca que a gente conhece, da pisada leve. Fino, não dá uma palavra de seu sumiço e não se vê a cor e o tamanho da grana escorregadia, arrumada no jogo. Quanto plantou, quanto colheu, pisa macio, ninguém viu.

Cada um é cada. E um galo onde canta, aí janta. Não tem crise.

Ele se emburaca no Beco, vai dormir no fundo da carvoaria com os ratos, os morcegos e a coruja. De dia, monta de novo os caixotes imundos, toca a mendigar.

Naquela manha de pedinchar é um relógio, estudioso. Estende a mão em que lhe falta um dedo e deita os olhos suplicantes.

Ou chama o trouxa metendo a mão dele na intimação. Precisando, todo torto, tortinho, se agacha e trabalha no chão.

Tinha vida escondida, além da que se via. E, assim, ele ia lutando com ela. Provavelmente aventurasse outras trampolinagens de que o povo do Beco da Onça não tinha notícia. Ou lalau surrupiador, no quieto, ou acoitasse chavecos de jogo do bicho. Quando em quando, pegava cadeia.

Saído da galera, o osso duro nem bebia. Comia com farinha, molhava o pé, tomava pingão, cachaça de litro, daquela que o tinhoso gosta e prova lambendo os beiços.

Empunhava e emborcava a uca de uma vez. Derrubava e esperava arder na garganta. Aí, então, fazia uma careta e largava cheio e grosso um cinismo. Espetando o copo vazio com o indicador:

– Este 'tá morto.

Saído de cana, não fazia uma semana fez a coisinha.

Na mendigação cara-de-pau, Bruaca ganhara o dia, aboletado nos caixotes. Sério, estendendo a mão aos passantes. E, se ninguém via, desbocado, fazendo micagens, rápido mesurando e bulindo, liberdades, dizendo safadezas às lavadeiras que passavam. Pelejando, se entretendo, lhe pingou a féria de uns vinte cruzeiros e foi encostar o umbigo lá no balcão.

Um botequim é botequim. Só. E todo ele pode ser uma escola ou um pé na cova.

Morre o dia. Todo fim de tarde, os homens pedem um prato

fundo, álcool e lingüiça. E, toda vez, derramam o álcool no prato. A lingüiça ardendo faz um fogo fino, raro, linguarudo e azulado. Repartem, depois. E fazem o tira-gosto, engolido com pão, pimenta, cachaça Macaco, de litro. Cerveja é raro.

O perdedor paga a rodada. É de lei.

Xeretou. Meteu-se, indo e vindo, saracoteando, jogando trilha com os homens da sacaria e os trabalhadores do porto de areia. A cartela em cima do balcão de mármore. Cada homem jogando com três grãos de feijão, ervilha, milho ou grão-de-bico. Nesse divertimento, foi entornando cachaça só. Estalos de mão, gingas e, volta e meia, uma parada de olhos que mediam, estudavam e engoliam demorado, e vezes, a posição dos grãos. Um silêncio maroto na barba empoeirada. E derramando pingão. O dedo espetava o copo vazio:

– Este 'tá morto.

Vai que, às tantas, a noite caiu lá na rua e tingiu tudo de preto, que o pouco de luz elétrica iluminava mal.

Bruaca pediu ao dono da venda uma lasca de pão para mascar mais a cachaça. A faca fez uma fatia.

Joga que joga, diz chalaça, mexe com quem não deve, tempo rolou. Era hora de arrumar os trapos e procurar a tarimba no fundo da carvoaria de seu Augusto, dormir o seu porre, estirar não se sabe onde, nos caixotes. Ou por aí, nas quebradas.

Queria pagar. Esperou, olho mortiço. O lápis correu no mármore e numerou, puxou o traço da soma, descansou na orelha do vendeiro.

Ia sacar uma nota, a mão parou no bolso. Empolou-se numa exigência:

– Me explica.

Dezessete pratas de cachaça e quarenta centavos de pão.

– Só. E por enquanto.

Aí, deu escândalo. Fez cinema, alertou a freguesia da venda. Estava sendo furtado. Bruaca. Não viessem de garfo que o dia era de sopa, bruaca.

Os homens da sacaria e os outros, os tiradores de areia, camisetas e peitos suados, botaram uns olhos no vendeiro.

O burruga da venda redisse a conta.

Foi quando a curriola desatou num riso escarrapachado. E Manoel, sarará de jogo ruim que a roda chama de besta, na trilha, mandou-lhe um pontapé na bunda:

– Desguia, velho pinguço!

Mas Bruaca, escorraçado, mão no ar, sustentava. Pão mais caro. Dezessete mangos de cachaça pagaria de estalo e sem chiar, bruaca. Até aí, bem. Que a bebida era de lei. Agora, quarenta centavos de pão, o botavam avariado. E fulo. Um roubo, bruaca.

–Vá chupar um prego, velho!

Se o tempo esfriava, empacava e sofria. Batia-lhe uma dor fina como um punhal.

Mas gramava, de necessitado ou teimoso. Tinha de levantar os pixulés da mendigação. Claudicava pela rua, doente do pé, meio de lado, troncho, pisava dez, doze metros. Parava, num repelão. A dor do velho, a que ele sentia e mais ninguém na redondeza sentia, não era morna ou calhorda, mas dura e continuada, daquela de encolher o corpo. Provavelmente tomasse fôlego, esperando, buscando um jeito, posição em que ela não o fisgasse. Talvez essa posição nem existisse.

E emperrado, rodado, Bruaca perdia a gaiatice. Dava para calado e se lhe perguntavam como ia a vida, um brilho no olho raiado de sangue. Largava, baixo:

– Vou teimando.

Uma tarde, a molecadinha lhe foi atrás a fim de zombaria. Mas pararam pelos cantos procurando abrigo, que Bruaca se abaixou para catar uma pedra. Ele se endireitou e não atirou.

Havia apanhado uma folha seca do chão, dessas que o vento derruba dos oitizeiros e espalha em agosto ou setembro. Então, tomaram aquilo como um blefe e desandaram numa estripulia de xingos. Velho do pé sujo. Mas viram a folha demorar um tempo sem fim na palma da mão em que faltava um dedo.

E o velho a olhava.

Apagou na matina.

Veio um se chegando.

– Bruaca, ô nego!

Veio outro, desconfiado. Mais um. Chegaram pessoas, tipos

passantes, em pouco a calçada ferveu, arreliada de curiosos, basbaque, sapo de fora, especulador. Enxameavam. O Beco de Onça se atiçou, ficando cabreiro.

O povo foi lá conferir se o malandreco fingia inocência. Mato tem olho e parede tem ouvido. Qualquer distração, vizinhança faladeira, bate na venda de seu João e dona Isaura, número 59 da rua Caiovas, boca de entrada do Beco da Onça. Dá boquejo e boato. Uma zoeira correu.

Bruaca fechou o paletó. Bateu com as dez e vai pra chácara dos pés juntos.

Um pivete esperto demais lhe encaixa um palito de fósforos nos dedos do pé e vai acender. O velho cara-de-pau fosse para o diabo com a mangação. Era o que, museu de cera? Fosse baixar noutro centro.

Aí, uma lavaderia, no mulherio, botou uma mão na boca e, com a outra, fez o pelo-sinal.

No rosto cavado, na cabeça bandeada, tinha uns olhos crescidos, parados num ponto só. Haviam dado, pois, com ele apagado, apagadinho. O geral das mulheres desatou o berreiro. Veio alguém do Beco com uma vela na mão.

Ali sentado de rei, vela queimando a quase um metro dos pés , dia todo renovada, foi até a boca da noite. Ficou, ficou um dia. Que o rabecão da polícia só vem quando quer.

Pintou no jornal de morte tranqüila e natural e de morto sem nenhum relevo na ponta da rua.

A gente ficou sabendo que era Orlando porque veio no jornal. Gaiato, morreu folgado, num trono de caixotes de salão, com a coroa. O chapéu ensebado lá no alto da cabeça. Veio no jornal com foto tirada em seu ponto ali no começo da rua Caiovas, quase Turiaçu, atrás do campo do Palmeiras.

O cara sentou, cruzou as pernas, estendeu os braços, posando de rei preto, carapinha branca. Os olhos ficaram abertos, parados, teimosos num ponto único, talvez do meio-fio. Não tinha camisa por baixo e o paletó esfarrapado, de fiapos pendentes, aberto. O peito aberto começando na linha do pescoço, depois da barba de quinze dias, sapecada de fios brancos. A mão direita fechada, como tomando decisão. A esquerda descansa, metade aberta, a ponta do indicador quase toca a do polegar, como se armasse, matreira e rápida, ladina e águia, larápia, mais um estalo e uma picardia.

A gente não vê, ela mais esconde que mostra. Olhem aí: não se percebe, na fotografia, que lhe faltava um dedo, o médio, na mão direita. Olhem aí: não se vê, no meio dos pêlos, a cicatriz da barriga, acima do umbigo, parecendo uma boceta.

Nos pés inchados que a barra da calça pega-ladrão não alcança, os tamancos encardidos, saltos e bicos comidos, largados, tomam vento. Cambados.

São as pernas cruzadas, os braços estendidos que lhe dão a panca de rei.

– Scaps!

A molecadinha tem pouco com que mexer, sacanear, montar quizumba, artes e desguiar, chispando, chamando de velho do pé sujo.

Tem uma mosca passeando nas frieiras, do lado de lá da rua. Tem uma mosca se mexendo, passeando nos cortes fundos, entre o dedão do pé e as frieiras enormes, brancas do crioulo.

Não tem mais Bruaca.

Obras do autor pela Cosac & Naify

JÁ PUBLICADAS

Abraçado ao meu rancor
Ô, Copacabana!
Leão-de-chácara

PRÓXIMO LANÇAMENTO

Malagueta, Perus e Bacanaço

Tipologia

Bembo 12/15.5
News Gothic

Papel

Alta print 120 gr/m²
Companhia Suzano de Papel e Celulose

CTP e Impressão

Geográfica e Editora

Tiragem

3.000 exemplares